江南淘书记

宏猷

董宏猷 著

WUHAN UNIVERSITY PRESS
武汉大学出版社

图书在版编目(CIP)数据

江南淘书记/董宏猷著．—武汉:武汉大学出版社,2015.1
ISBN 978-7-307-13991-6

Ⅰ.江…　Ⅱ.董…　Ⅲ.随笔—作品集—中国—当代
Ⅳ.I267.1

中国版本图书馆 CIP 数据核字(2014)第 257596 号

责任编辑:荣　虹　　责任校对:汪欣怡　　版式设计:韩闻锦

出版发行:**武汉大学出版社**　(430072　武昌　珞珈山)
(电子邮件:cbs22@whu.edu.cn 网址:www.wdp.com.cn)
印刷:武汉中远印务有限公司
开本:850×1168　1/32　印张:9　字数:178 千字　插页:4
版次:2015 年 1 月第 1 版　　2015 年 1 月第 1 次印刷
ISBN 978-7-307-13991-6　　定价:38.00 元

董宏猷　作家，现居武汉。喜欢淘书，收藏旧书，书法，摄影，自由长旅，自在品茗。

目　　录

自　序

对书籍的热爱，是从少年时代开始的。读书，逛书店，淘书，藏书，已经成为一种生活方式，一种精神生活的习惯与享受。少年清贫，买书成为一件十分奢侈的事情，更多的时候，是在放学以后以及星期天，泡在书店里看书。到图书馆看书，则是在上了中学以后。不再说为了买书而去长江边拉车了，虽然磨破稚嫩的肩头换来的只是五分钱，但是，那是我生命的第一次“长征”，在酷夏里汗流如雨，只为了买一本喜欢的书。从那时起，我的小木箱里，开始有了喜爱的书籍。到了中学毕业，下乡插队的时候，不仅带了一木箱书到了农村，我在武汉的家里，还在木板床下藏了一堆书。那是我如同燕子衔泥般一点点地积攒起来的。遗憾的是，那年的冬天，我在水利工地挑堤，脚好冻，给妈妈写信，求厚袜。结果，厚袜寄来了，暖了脚，却疼了心。原来，妈妈是卖了我的床下藏书，给我买了御寒的厚袜。这是我经历的第一次藏书之聚散。这样的聚散，后来又发生过好几次。慨叹之余，便有了写书话的想法。

我在生活上是个极其简单的人。这一辈子，不好零食，粗茶淡饭，吃饱，穿暖，就很满足了。然后，读书，写书，淘书，藏书，便成为生命的主旋律。星期天，节假日，是必逛书店的。就连大年初一，也带着孩子，到新华书店，去给书拜年。我的这个习惯，也深深影响了家人。直到现在，全家相聚，最大的享受，就是一起逛书店。当然，长期只进不出的后果，就是书籍泛滥成灾。家中顶天立地的几排大书柜装满了，就开始堆在墙边、地上、板凳上。好好的一个家，就成了书库。每每参观朋友的豪宅，高档大气、富丽堂皇，自然欣赏。但我最惬意的时光，仍然是坐拥自己的“书库”，或者“书城”。夜深人静，一灯如月，泡一壶红茶，或者普洱，听一曲古琴，或者长调，静静地读书，静静地写作，有四壁万卷古今图书与我作伴，真的是不亦快哉。

至于家中的旧书，是从20世纪80年代开始，一点一点收藏的。没有刻意，一是因为经济的原因，二是自己的性子，讲究随缘。近十年来，收藏热在中国风起云涌，双休日的文物地摊上，也开始出现了古旧书。我的兴趣，便铆在了旧书上。武汉的旧书店，自然是一一光顾。每逢出差到外地，首先打听的，就是哪里有旧书店。北京的琉璃厂、中国书店、潘家园旧书地摊；上海的福州路、文庙，以及许多弄堂里的旧书店；杭州的沈记旧书店，省图书馆院内的旧书地摊；苏州的人民路；南京的鼓楼……都留下了我淘书的足迹。近年来，孔夫子旧书网异军突起，有一段时间，我也曾泡在网上，每天晚上惦记的，就是在拍卖的最后一刻，与诸多未曾谋面的书友竞价。泡的时间长了，就发现有一些“托”，在网上抬价，使许多心仪的旧书，在最后一刻，失之交臂，便兴味索然。我不是专业藏家，只是喜爱旧书的爱好者而已。我更喜欢的，还是“淘书”，还是“千淘万漉虽辛苦，吹尽狂沙始到金”。我始终相信，人与书，是有缘分的。许多的藏书，曾经是其他爱书人收藏过，我不过是收藏的链条中的一环而已。我知道，这满屋满壁的藏书，终有一天，会飘散而去，会继续书的旅程，亦会有新的书友，去继续地惜之，爱之，珍藏之。因此，我不再在藏书上留下收藏的痕迹。人生苦短，书命犹长。我与书相识一场，缘也。与其说我收藏了书，不如说，书亦收藏了我耶。

结集在这里的书话，是近年来发表于《大武汉》杂志上“白壁斋书话”专栏中的一部分。《大武汉》杂志一月两期，给了我一个整理自己旧书收藏的机会。选辑在本书中的书话，大致上是按照文学史的脉络，而编排的。我的原则，是坚持用自己的藏书说话，以书说人，以书说事。由于专栏的版面有限，同时，照顾到杂志的读者面，不可能在有限的篇幅内去进行有关版本、内容的专业性考证，也不可能全面地去评价一个作家，评论不是书话所承担的任务。当然，每一篇书话自有我的价值取向。我的初衷，是在实体书店大面积萎缩凋零的今天，在纸质图书遭遇消失之嫌的今天，用这些历经百年沧桑或大半个世纪风雨，而幸存至今的旧书，说说一些不应该被遗忘的人和事。这些书籍流传至今，便是纸质图书不会消失的实证。也是一个具有几千年禁书传统的古国，禁书无数，却仍然“抽刀断水水更流”的实证。白香山曰：“野火烧不尽，春风吹又生。”这本书，亦是“春风又绿江南岸”的一片绿荫。我欣慰的是，如今喜爱旧书的，有许多都是年轻人。亦有许多的书友，盼着这些书话能够结集出版。在此，感谢《大武汉》杂志的张丽娜女士，将“白璧斋书话”办成了一个受到读者喜爱的专栏；感谢武汉大学出版社的张福臣先生，责编荣虹女士，为此书的出版所付出的努力。还要感谢美编韩闻锦小姐，冒着酷暑为这些藏书拍摄书影。最后要感谢的，是这些书籍曾经的收藏者与保存者。没有必要去考证他们姓甚名谁，因为他们，不，是我们，都有一个共名：爱书人。

是为序。

2014 年 7 月 27 日夜

于汉口白璧斋

自鸣说钟

每次去北京，总是千方百计挤出时间去潘家园古玩市场淘旧书。但潘家园的旧书地摊，摆的绝大部分是改革开放以后出的书，民国期间的书籍格外稀少，线装书当然就更少了。有一次去逛旧书市，已经是下午了，许多摊主都准备收摊。匆匆忙忙地四处逡巡，没见什么中意的书。正在失望的时候，突然看到一本线装书：《自鸣钟表图法》，翻开看看，是清嘉庆年间的版本，木刻本，里面附有许多自鸣钟及其零件的木刻图，觉得挺好玩的，价钱也不贵，几十块钱，当时没有多想，就买下了。就算不虚此行，留个纪念吧。

回来后，也没细看，就搁在线装书橱里了。

一搁就是好多年。

恰逢开书话专栏，有书友建议我，将自己的藏书梳理一下，从清版书写起，一直到新中国成立，形成一个有序的系列。我觉得蛮好的，就开始整理自己的藏书。想到了辛亥革命前夕的西风东渐，“自鸣钟”就在眼前当当当地响了起来。

《自鸣钟表图法》的前面有自序，作者是徐朝俊，时间是“嘉庆己巳春正月”，即1809年的农历正月。网上查查资料，哎哟，这个徐朝俊可不简单！他是明朝著名的数学家、政治家徐光启的后代，清代钟表大师，松江府华亭人，长期任教于华亭书院，课余研究自然科学和钟表机械，撰写科技论著多种，《高厚蒙术》是其代表作，共分天文、地理、仪器等四集。清嘉庆十四年(1809年)正月写成的《自鸣钟表图法》，是我国第一部钟表科技专著，它详细地总结了明末至清代中晚期有关钟表的品种、结构、特点和修造方法，并附有丰富翔实的插图，反映了当时钟表制造的科学技术水平和成就，在我国钟表发展史上起着承前启后的重大作用，被中国科技史权威李约瑟博士列为清代中晚期五大重要科技著作之一。

《自鸣钟表图法》原来是这么重要的科技文献！我自然小小地高兴了一会。

“自鸣钟”是明清时期对钟表的总称。自鸣钟传入中国，大概是在明万历年间，由西方的传教士传入江南。万历年间李绍文著《云间杂识》载：“西僧利玛窦作自鸣钟……近上海人仿其式亦能为之。”上海是天主教最早的传入地，因此，也成为我国最早仿制西洋钟表的地区。其中，最有名的就是松江华亭的徐氏家族。徐朝俊在《自序》中称：“余自幼喜作自鸣钟，举业暇余，辄借以自娱。”可见他从小就深受家族的影响，爱上了自鸣钟的制作。

线装书：《自鸣钟表图法》

除了上海外，南京、苏州、杭州等地也是自鸣钟最早的仿制生产地。万历年间成书的《金陵琐事》载："黄复初，巧人也，能铸自鸣钟。"清人顾禄《桐桥倚棹录》记载苏州的工匠手艺巧："机轴如自鸣钟，不过一发条为关键"，"今虎丘人皆能为之。"杭州钟表业的文献记录始于康熙之时。康熙刻本的《旷园杂志》称："(杭州人)黄履庄所作自鸣钟、千里镜之类，精巧出群。"至于后来广州生产的钟表，则达到了可与伦敦的钟表相竞争的水平了。当时到中国来的欧洲人见到广州制造的钟表，大为惊叹："1800 年左右，钟表制作工艺已在广州落地生根，并获得迅速发展。J. Barrow 记载，中国人在广州的制作已和伦敦一样的好，并且这些精巧机械品的价格只是曾经从 Cox 和 Merlin 仓库运来中国的钟表价格的三分之一。"故宫博物院收藏了为量不少的乾隆时期生产的"广钟"。雍正六年，朝廷查抄明珠家总管安图，抄得"乌木架自鸣钟四架"，其中两架就是"广钟"。

自鸣钟在中国的迅速传播，是与当时皇帝的爱好分不开的。雍正八年成书的《庭训格言》记录："顺治十年间，世祖皇帝得一小自鸣钟以验时刻，不离左右。其后又得自鸣钟稍大者，遂效彼为之。"清朝的皇帝，从顺治到乾隆，虽然对天主教的态度不尽相同，但对传入中国的西洋奇器均表现出了极大的热情，其中，对自鸣钟更是情有独钟。翻开四位皇帝的御制诗文，咏颂自鸣钟的篇章就多达十余篇，故从顺治时期开始，清宫就十分注重西洋自鸣钟的输入与仿制，甚至在清宫内设置两个专门的机构负责自鸣钟的事务，一是"自鸣钟处"，一是"做钟处"。清宫仿制自鸣

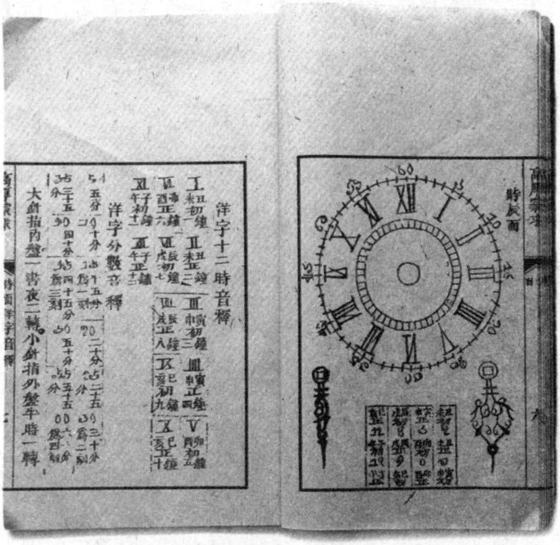

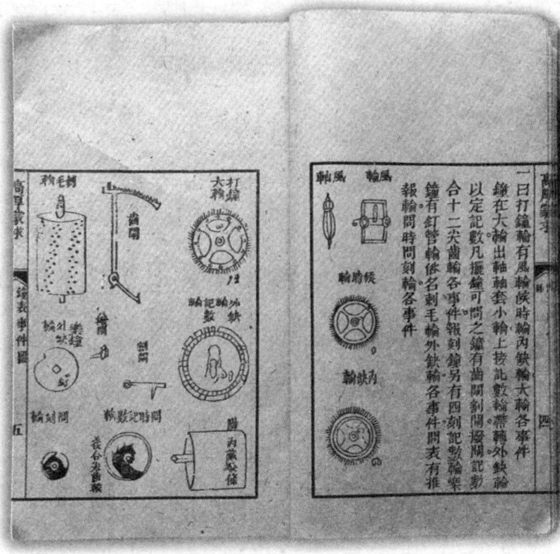

《自鸣钟表图法》内页

钟的量相当大，以致到康熙时，每一个皇孙都可以分得“自鸣钟十数以为玩器”。清宫制造的自鸣钟，不但数量大，而且水平高。康熙在世期间，先后有陆伯嘉、杜德美、林济各、严嘉乐及安吉乐等 6 位西洋钟表匠师进入清宫，参加了自鸣钟的制造，尤其是瑞士著名的钟表大师林济各进入清宫，使清宫自鸣钟制造的水准大大提高。康熙四十七年左右，江西巡抚郎廷极向康熙进贡了一件“西洋大日表”。康熙朱批：“近来大内做的比西洋钟表强远了，以后不必进。”这反映出清宫生产的自鸣钟质量很高，甚至超过当时的欧洲进口钟表。乾隆一朝是我国宫廷制钟业的鼎盛时期，这一时期，欧洲的钟表大师云集清宫，创造了清代中国钟表业最辉煌的时代。但是到了嘉庆时期，由于嘉庆皇帝不喜欢这些西洋玩意儿，宫廷钟逐渐式微。嘉庆皇帝说：“朕从来不贵珍奇，不爱玩好，乃天性所禀，非矫情虚饰。至于钟表，不过考察时辰之用，小民无此物者甚多，又何曾废其晓起晚息之恒业乎？尚有自鸣鸟等物，更如粪土矣。”皇帝视自鸣钟为“粪土”，谁还敢继续“粪土”乎？

但是在民间，自鸣钟等西洋器物已经如同雨后春笋，日益繁荣。不论是官员、教士、商贾，还是仆役，戏子，甚至妓女，均有配西洋表者。《红楼梦》第五一回也提到了自鸣钟：“说着，只听外间屋里槅上的自鸣钟‘当当’的两声。”中国社会各阶层对西洋钟表的认同，对西风东渐，对中国人向西方文化的学习与接受，产生了极大的影响。在武汉，我儿时的记忆就与江汉关的自鸣钟分不开。那是中国最大的海关自鸣钟之一，钟楼高达二十米，1942 年安装在江汉关大楼上，每隔十五分钟敲奏一次，以前的乐曲曾是英女王加冕的《女王万岁》，新中国成立以后改成《东方红》。不论是晴朗的夏日，还是寒冷的冬夜，江汉关的钟声都会准时地响彻全城，温暖着我的梦境。

当然，这一切，包括江汉关的自鸣钟以及《东方红》，都已经成为文物了。

西学大成

这个故事也很古老了。

说的是没有电灯的山村，第一次通了电，用上了明亮的电灯。一个从未走出过大山的老奶奶，一直坐在电灯下，拿着扇子，使劲地扇电灯。大伙儿觉得很奇怪，老奶奶说，我怕费电，想把电灯扇熄了。可这灯怎么不怕风，扇不熄啊？

2009年，德国的法兰克福，国际书展。开幕式上，中国作家莫言的发言也很有意思。莫言是山东人。他说小时候听爷爷讲，德国人到山东之前，传说洋鬼子没有膝盖，弯着腿走路。于是看到外国人的时候，就特别注意洋鬼子有没有膝盖。同样的，由于资讯的阻隔，相互的不了解，在一本西方的杂志上，说中国人都是在树上栖息的鸟人。

全场大笑，包括中国的国家副主席习近平，包括德国总理默克尔。

莫言的发言，自然是说明东西方文化彼此沟通的重要性。这些今天看来似乎荒诞可笑的事情，在当时，恐怕是非常真实的存在。不仅是普通的老百姓，就连著名的学者，也因历史的局限，而作出非科学的判断。例如，明末清初，当西学传入中国时，就有一种说法，说“西学源出中国”，认为西学中的某些东西，其实是中国古代已有的，而后传入西方的。黄宗羲就认为，某些数学原理，是周公时代西传的；王夫之则认为，西学大多是“剽窃中国之绪余”；而钱大昕认为，西方的天学算学，是出自于在中国已失传的祖冲之的著作。黄宗羲、王夫之何许人也？那是清初的大思想家，我最崇敬的大学者，二位学术伟人还是中国著名的天文数学家。而钱大昕先生，则是“一代儒宗”，被称为“中国 18 世纪最为渊博和专精的学术大师”。他们对西学的判断，和他们对西学的陌生、不了解不无关系。这样的看法，也许会让当时的中国人安心地承认这些“源出中国”的西学，并去学习之，但是，随着西学东渐，中国人对西学的认识便越来越客观，越来越理性。这与许多中国人亲自到西方去游历分不开，同时，也与许多西学的原著翻译介绍到中国来，密不可分。

我收藏的《西学大成》，便是当年发行量极大的介绍西学之大成大著，全书共十二编五十六种，算学、天学、地学、史学、兵学、化学、矿学、电学、声学、光学、汽学、重学，浩浩瀚瀚，无所不包。《西学大成》系清末王西清所辑，清光绪乙未年醉六堂出版。光绪乙未年，即光绪二十一年，公元 1895 年。该书由清朝著名书法家孙廷翰题字，著名学者王韬写序。过去有些人将《西学大成》误认为是孙廷翰所辑，这是常识性的错误了。尤其是旧书网上，一些书商恐怕是将“孙廷翰书”误认为是“孙廷翰写的书”，殊不知此书非彼书，乃是书写题字之意也。孙廷翰，浙江诸暨人，光绪十五年进士，书法家。其书法初学赵孟頫，后改颜真卿，当时的书坊主人请他题字，乃是题中之义也。

为此书写序的王韬，乃是当时的名人，传奇人物。他是江苏苏州人，中国近代著名思想家，外号“长毛状元”。说来有趣，1860 年，李秀成率领的一支太平军攻陷苏州、常州，进迫上海。此时，王韬化名黄畹，上书给太平军的长官刘绍庆，为太平军出谋划策，后来李鸿章占上海，黄畹的书信落入清军手中。李鸿章知道黄畹就是王韬，便以“通贼”罪下令通缉，一时满城风雨，其“长毛状元”的外号便由此而来。

王韬曾在上海的墨海书馆工作，其馆长之子正是英国驻上海领事。王韬在上海英国领事馆避难四个多月，后亡命香港。其后，又游历欧洲，曾应牛津大学校长特邀，到牛津大学以华语演讲。这是有史以来第一位中国学者在牛津大学演讲，并大获成功。1874 年，王韬创办了世界上第一家华资中文日报——《循环日报》，因此，他被尊为中国第一报人。王韬自任主笔十年之久，发表八百余篇政论，鼓吹中国必须变法，其著名的《变法自强上》、《变法自强中》、《变法自强下》三篇政论，在中国历史上首次提出“变法”的口号，比郑观应《盛世危言》早十八年，比康有为、梁启超变法维新早二十三年。康有为在 1879 年曾游历香港，正值王韬担任《循环日报》主笔之时，因此，康有为的

《西学大成》书影

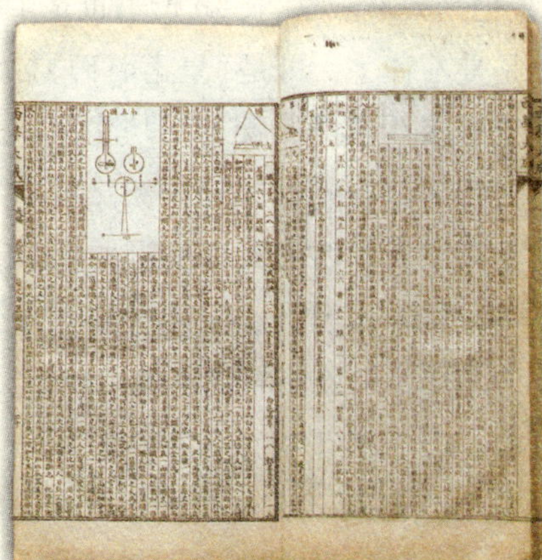

《西学大成》内页

变法思想，极有可能受到王韬之影响，因此，王韬无疑是中国变法维新运动的先行者。

王韬在《西学大成》的序言中说道：“西学至今日亦盛矣哉。谈西学者人人自以为握灵蛇之珠，蕴荆山之璞，而作终南山捷径，焉不知西学皆实学也，非可以空言了事也。”然后明确提出，学习西学，“有裨于人，有益于世，富国强兵，即基于此学也。”

王韬在序言中明确指出，是“鄞县王君西清”编辑的，在即将付石印之时，请他作序。许多人恐怕没有读王韬的序言，就贸然认定此书是“孙廷翰”编的书，悲哉也乎！

此书由上海醉六堂书坊所印。这个醉六堂书坊也是蛮有故事的。传说两朝帝师、咸丰状元、翰林院修撰翁同龢游上海，有一天，到醉六堂书坊访书，看见了明拓本《皇甫君碑》。翁大人也是大书法家啊，其楷书也是了得。看见楷书名碑，自然是爱不释手，可是《皇甫君碑》标价甚高，翁大人也许是没有带多少银子，便与书坊主人议价，哪知道主人一见他要讨价还价，顿时大怒，竟然将翁大人赶了出去。有意思的是第二天，翁大人舍不得那《皇甫君碑》，再次来到醉六堂书坊，摩挲良久，忍不住再次议价。书坊主人仍然是和昨天一样，一点情面也不留，再次“怒而逐客”，将翁大人又赶出了门。

这个血性十足的主人，便是湖州乌程人吴申甫。湖州本是江南文脉渊薮之地，藏书之乡，刻书、贩书的历史延绵不绝。吴申甫当时身处大上海，正值晚清大思潮和科技不断更新的时代，其经营也紧跟着时代，出版了诸多数学、西学、时人见闻记。技术上，多采用石印制版科技，经营手法上，也在当时发行量最广的申报上做起了广告。因此，许多的西学书籍请他石印，便是最佳的选择了。

此刻，《西学大成》就静静放在我的电脑前。历经一百余年的风雨，该书的石印依然清晰可鉴。尤其是那些插图，不论是数学中的几何图形，还是各种机械图形，精细纤巧，一丝不苟，令我爱不释手。在这静静的冬夜里，它们无声地凸显着中华民族艰难跋涉的足迹。“膝盖”与“鸟人”的传说，便是在东西方文化交流的大潮中，成为历史的陈迹与笑柄了。

寻觅新民

近几年的淘书生涯中，杭州是我去得最多的地方，也是我收获最大的地方。收获之一，便是淘到梁启超创办的《新民丛报》的合订本。

杭州的沈记古旧书店，我在《西湖淘红》一文中已经介绍过了。最初带我去的，是我的责编，浙江少儿出版社的美女编辑王宜清。她和先生潘勇也爱淘书藏书，对旧书店也熟。我再去杭州的时候，她告诉我，还有一个地方可以去看看，那就是杭州的耶稣弄收藏市场。

市场里阴暗拥挤，古旧书摊不多，只有寥寥几家。但是，在一个小小的旧书摊里，我的心突然狂跳起来！我发现了好多好多的宝贝！

有成套的鲁迅先生创办的《语丝》。有成套的叶圣陶先生创办的《中学生》。还有几本厚厚的水渍印痕很重的精装合订本，打开一看，居然是梁启超先生的《新民丛报》！

店主是位老先生，姓余。看上去似乎慵懒着，其实开

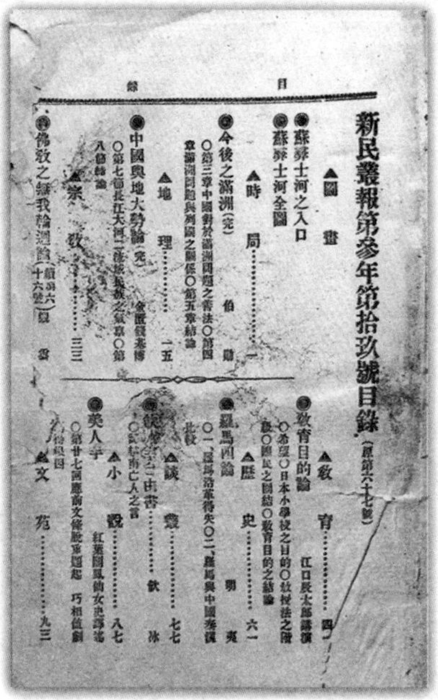

新民叢報第參年第拾玖號目錄（原第六十七號）

▲圖畫

●蘇彝士河之入口

●蘇彝士河全圖

▲時局……一

●今後之滿洲（完） 伯韜

○第三章中國對於滿洲問題之寄法○第四章滿洲問題與列國之關係○第五章結論

▲地理……一五

●中國與地大勢論（完） 余匿録寄傳

○第七節長江大河二流域民族之氣象○第八節結論

▲宗教……三三

●佛教之無我輪迴論（續第六十六號）

▲教育……四一

●教育目的論 江口辰太郎講演

○希望○日本小學校之目的○教授法之階級○國民之團結○教育目的之結論

▲歷史……六一

●羅馬四論 明夷

○一、羅馬沿革得失○二、羅馬與中國奏漢比較

▲談叢……七七

●飲冰室自由書 飲冰

○弑君衔亡人之言

▲小說……八七

●美人手 紅葉閣鳳仙女史譯述

○第廿七回

▲文苑……九三

《新民丛报》的合订本

起价来，眼睛便亮晶晶地精明着。书价自然很高，自然要讨价还价。那一次，我是倾己所有，将这几套珍贵的杂志全都买了下来。

《新民丛报》是梁启超在日本横滨创办的。创刊号出版于 1902 年 2 月 8 日，也就是光绪二十八年的春天。其创刊号《本报告白》称："本报取名《大学》'新民'之义，以为欲维新吾国，当先维新吾民。"我收藏的合订本中，就有光绪二十八年当年的第七号，到十六号。《新民丛报》为半月刊，每月农历初一、十五发行。1903 年 2 月起，改为 14 日、29 日发行。1907 年 8 月停刊，前后历时六年，共出九十六号，编辑和发行人署名冯紫珊，实由梁启超负责。

梁启超是一个天生的编辑家。他一生创办和协办过 29 种报刊，但以《新民丛报》时期最为意气风发，对读者尤其是青少年、知识界影响也最大。翻阅当年的《新民丛报》，我惊异地发现，一本厚厚的刊物，每期大约六万字，除了少数的约稿以外，其余的文章，不管署名是"中国之新民"，还是"饮冰"，竟然都出自于梁启超之手。尤其是脍炙人口、影响巨大的长篇政论《新民说》，全文共二十节，约十一万字，分期刊载，历时五年，在国内外引起强烈反响。梁启超在文章中大声疾呼："新民为今日中国急务。"大力鼓吹"新民"对于"新国家"的迫切与必要，慷慨激昂地呼吁中国人要摆脱封建奴性，树立独立、自由和爱国家、爱民族的思想，大力提倡"自尊"、"进步"、"利群"以及"进取冒险"等奋发图强、积极向上的精神。《新民说》可以当作《新民众报》的指导思想，雄文一出，四海震惊。毛泽东当年在

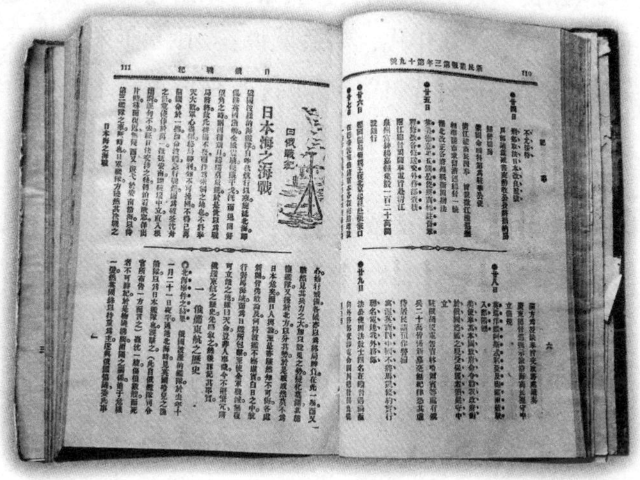

《新民丛报》内页

湖南组织“新民学会”，就是受到了梁启超“新民说”的影响。他在晚年的时候跟斯诺谈话时，就回忆过青年时代对梁启超和《新民丛报》的崇拜：“当时我正在读表兄送给我的两种书刊，讲的是康有为的维新运动。其中一本叫做《新民丛报》，是梁启超主编的。这些书刊我读了又读，直到可以背出来。我那时崇拜康有为和梁启超。”

受《新民丛报》之影响，并且崇拜梁启超的，何止是青年毛泽东。早在20年代，胡适就说：“廿五年来，只有三个杂志可以代表三个时代，可以说是创造了三个时代。一是《时务报》，一是《新民丛报》，一是《新青年》，而《民报》与《甲寅》还算不上。”后来，他在《四十自述》中还坦承“我个人受了梁先生无穷的恩惠”，他说：“梁先生的文章，明白晓畅之中，带着浓挚的热情，使读的人不能不跟着他走，不能不跟着他想。”郭沫若在他的自传中，也谈到梁启超：“那时的青少年，没有一个没有受过他的思想或文字的洗礼的。他是资产阶级革命时代的有力的代言人。”“不失为一个革命家的代表。”最为经典的评论，则出自于梁启超的同时代人黄遵宪。他在《致饮冰主人书》中说：“《清议报》胜《时务报》远矣，今之《新民丛报》又胜《清议报》百倍矣。惊心动魄，一字千金，人人笔下所无，却为人人意中所有，虽铁石人亦应感动，从古至今文字之力之大，无过于此者矣。”

“惊心动魄，一字千金”，这便是梁启超当年文章的巨大影响与魅力，他在《新民丛报》上发表的文章，传诵一时，青年学子争相模仿，成为一种新文体：“新民体”，究其真谛，最主要的，是梁启超自己的夫子自道：“笔锋常带情感，对于读者，别有一种魔力焉。”他的学生吴其昌认为：谭嗣同、夏曾佑、章太炎、严复等人的文章虽然都写得不错，但不够通俗，不够气魄，只有梁启超的文章才是“雷鸣怒吼，恣睢淋漓，叱咤风云，震骇心魄，时或哀感曼鸣，长歌代哭，湘兰汉月，血沸神销，以饱带情感之笔，写流利畅达之文。洋洋万言，雅俗共赏。读时则摄魂忘疲，读竟或怒发冲冠，或热泪湿纸”。

《新民丛报》创办时，靠借译书局的几千元作经费。后来，由梁启超和其他几位维新派的同志入股经营。梁启超占二股，冯紫珊等各占一股。他们没有想到的是，《新民丛报》一出版，不但好评如潮，而且立刻蜚声海内外，仅国内的销售点就达四十九个县市、九十七处之多，发行量最高达一万四千份。这在 1902 年，真的是一个了不起的发行数。而且每册一出版，内地就有人一再翻印。清政府虽然严禁控制，读者仍是争相传阅。那时的《新民丛报》，如同黑暗中的熊熊火把，烈焰腾腾，生气勃勃。但是，由于康有为梁启超经常在《新民丛报》上撰文攻击以孙中山为首的革命派，力主君主立宪，到了 1905 年 11 月，革命派的《民报》创刊后，立即对立宪派进行还击，于是，就发生了中国近代期刊史上的第一次大论战。从 1905 年年底到 1907 年年底，双方的论战持续了两年，在日本，几乎将所有的中国留学生都卷了进去。这场论战的结果，是清政府并不打算真正实行“新政”，使原来拥护君主立宪的人都转而倾向了革命。梁启超愈来愈感到论战不利，就在 1906 年 7 月的

《新民丛报》第八十三期上发表《劝告停止驳论意见书》，向革命派求和，但是，却遭到革命派的断然拒绝。《新民丛报》的发行数一落千丈。1907 年 11 月，《新民丛报》出版第九十六期以后，就借口《新民丛报》上海分社失火，最终停刊了。

梁启超是一个时代的天才与伟人。将其放在革命党的对立面来评价，是不公正的。他支持过袁世凯，但是，当袁世凯宣布称帝，梁启超马上撰文痛批，袁世凯派人送来一张二十万元银票，给梁父祝寿，企图阻止文章发表。梁启超将银票退回。袁世凯再派人对梁启超说，先生曾在海外流亡十几年，何必再自寻苦吃？梁启超大义凛然答曰，我宁肯选择逃亡，也不愿意在污浊空气中生存。

《新民丛报》这样的书刊，现在还可以寻到，而梁启超这样的人，现在已经很难寻觅了。

时务今识

上篇谈自鸣钟的书话刊登后，有朋友来短信说“好玩的书”，又问这些一百年前“好玩的书”，还有吗？我说有哇，手边的一套《万国时务策学大全》，就是一百年前“好玩的书”。

这套《万国时务策学大全》，只有我的手掌大，里面的文字是石印的，密密麻麻，如同黑蚁一般，但却很清晰。这样巴掌大的书，是典型的“口袋书”，或者“袖口书”，携带或翻阅，都很方便。

这样的“大全”是个什么东西？为什么印得这么小巧？其实，说通俗点，就和现在铺天盖地的各种教辅或者考试指南一样，这样的“大全”，是用来科举的。是当年十年寒窗的学子们求功名、奔科举时的工具书。之所以印得这么小巧，除了携带方便，是不是也与夹带进考场舞弊偷看有关？就不得而知了。

科举需要考“时务”吗？“策学”与“时务”有关吗？把这

样的问题弄清楚，就知道当年之中国对了解世界与变法的渴望，对洋务与新政的追求，已经深入到了什么程度。

首先说“策学”。策学就是研究解决实际问题和具体事务的学问。古代的皇帝问臣子如何解决兴国安邦的问题，叫做“问策”。有个伟人曾经说过，政策和策略是党的生命，政策和策略，都是“策”的范畴。皇帝询问，叫“问策”；臣子回答，叫“对策”。汉代的贾谊在对策时，提出“众建诸侯少其力”的办法，削弱诸侯王的割据势力，皇帝采纳了他的对策，很快平定了吴楚七国之乱。大儒董仲舒在对策时提出“道不变，天亦不变”，使儒家学说居于诸子百家之上。他们的成功，成为古代对策的典范。于是，“策问”逐渐成为封建社会朝廷选拔人才时的考试方式。西汉第一个布衣宰相公孙弘，就是因为对策出色而被汉武帝看中的。科举制度兴起以后，策问便正式成为科举取士的考试手段之一。明清时期的乡试(考举人)和会试(考进士)都要考三场，第一场考经义，就是要用八股文代圣贤立言。第二场考的主要是论。第三场考的就是策。更重要的是，会试以后还要举行殿试，殿试就只有策问一项，就是皇帝亲自出题来问策了。殿试是要最后决定谁当状元的，因此，对于读书人来说，策的重要性，就不言而喻了。

既然策这么重要，势必就有教授如何对策的书籍出来。中国应试教育以及教辅和考试指南书籍的历史，真的是源远流长啊。我们今天常说上有政策，下有对策，不是没有来由的。于是，这些指导和教授如何对策的书籍，其内容和重点，就成为一个时代鲜明的风向标。

《万国时务策学大全》书影及内页

现在该说“时务”了。策要解决的，是现实问题，自然与当下的时务紧密相连。因此，明代的科举第三场，考的就是“时务策”。到了清朝，尤其是晚清，千年封建帝国的大门被西方列强的坚船利炮轰然撞开，时务、洋务、新政、变法，成为那个时代最时髦的词汇。1896 年 8 月 9 日，中国人办的第一本启蒙杂志就叫《时务报》，创办人和主笔是梁启超，同仁尚有黄遵宪、汪康年等。这份旬刊以开启民智、变法图存为宗旨，发建立民权国家之新声。其译编文章，就分为“中国时务”与“外国时务”，让读者呼吸到来自五洲四海的新鲜空气。在西风东渐的强大舆论的传播与推动下，国人均有了“识时务”而重新认识中国和西方的冲动。但西方究竟是个什么样子？大多数人仍是靠着文字和图画来建构其脑海中的另一个“泰西”的。于是，当时的科举中的“策学”开始与对世界的了解，亦即“时务”紧密相连，科举的指挥棒一变，辅导学子们了解西方亦即“万国”各方面情况的百科全书也纷纷问世了。

《万国时务策学大全》，出版于清光绪二十三年，即戊戌变法的前夜的 1897 年。全书四十八卷，二十册，我收藏的是漱石山馆选本，是许多年前在地摊上淘来的。现在找到的，只有八册。简单地回顾此书出版的历史背景，真个是山雨欲来风满楼。1895 年 5 月 2 日，康有为联合在京参加会试的一千多名举人上书清政府，要求变法。1896 年，《时务报》创刊，孙中山在英国伦敦蒙难。1897 年，德国侵占胶州湾，成为中国士大夫内心最大的痛。同年，以梁启超为代表的大批“维新志士”云集湖南，创办时务学堂、南学会、《湘学报》，在湖南掀起了一波维新变法的高潮，史称“湖南新政”。紧接着第二年，1898 年，便是戊戌变法。就在这样的历史大潮中，《万国时务策学大全》的出版便显得格外意味深长，它的内容浩瀚，包括各国历代帝王考、各国大事考、五大洲考、各国旗帜考；以及天文地屿、算学、电学、气学、光学、化学力学、重学等，新兴技术、自然科学、各国新政、西洋法律、本国政务等无所不包，从一个侧面强烈地凸显了戊戌变法前夜的世风大变、朝野动向，以及民主共和不可阻挡的历史潮流。因此，袁世凯在 1912 年清帝逊位前夕上《辞侯爵奏疏》就感叹：“人心由学说而定，莫可挽回者！”

教辅是一个时代的窗口、晴雨表与风向标。《万国时务策学大全》无声地告诉了我们，即使是从商业角度出发，这样的教辅也充满了强烈的富国强国的责任感。一百年过去了，再看看我们今天形形色色的教辅，大同小异，重复雷同，空洞无物，味同嚼蜡，仿佛当年的八股文借尸还魂。而中小学教材，鲁迅下课，流行歌手入选，青年才俊沉溺于玄幻穿越，宫廷争斗，盗墓魔幻，官场情色，网络上下，一片莺莺燕燕，虚幻鬼气，全然不关心“时务”，似乎忘了今日中国周边之情势，人民之疼痛，先贤得知，岂不仰天长啸哉！“时务”何在？叹叹！

海门淘史

每次到台州，都要设法去逛海门老街。倒不是想淘那些千篇一律的说不清道不白的古玩，而是想去看看那些老房子。海门老街始建于清康熙年间，到了光绪二十四年，海门港正式开埠通商，老街便日趋繁华，店铺林立，商贾云集，盛极一时。到了清末民初，街北逐渐出现了许多欧式建筑，与街南的中国古典建筑，形成鲜明的对比，同时，也是互补。我爱在老街上闲逛，随意地走进那些黑瓦白墙的庭院，听听评弹，看看雕窗，思绪便穿越到清明上河图的风情之中。

恰好又去台州讲学。主人知我有此癖好，待我一下飞机，随即就带我先去逛老街。路过几家古玩店时，不知怎么的，突然想进去，看看有没有旧书。

便进了去。一问，说有一些，自已看吧。首先看到的，是一摞民国期间的儿童读物，店主头也不抬，开价十五元一本。我没有还价，全部吃进。这时，店主才抬起头来，打量了我一

《舆地志略》

眼，说，还有许多线装书，在家里，改日再来看看吧。

到了临别的日子，又去店内淘书。店主搬出一大木箱，里面果然都是成套的线装书。也有我心仪的，但开价高得不靠谱。只好作罢。正要离去，店主喊道，这里还有日本旧书，看看吧？

又折回。店主从柜台里取出一大纸包，打开，里面是一摞日本的线装书。

随意翻开，首先吸引我的，是《舆地志略》，是里面那些精美的木版画和铜版画。亚洲，欧洲，非洲，北美洲，地图，风情画，典型的现代构图，人物和风景都栩栩如生。翻看版权页，是日本明治八年三月三日的官版，明治八年，即公元1875年，正是日本入侵朝鲜的那一年。就在前一年，日本入侵了中国的台湾。店主高价推荐的，还有日文的《日清战争记》，明治二十七年出版，是日本对中日甲午海战始末的历史记录。这样的具有历史意义的旧书，让我心动。坚持了一会儿，最后妥协，以店主满意的价位买了下来。

《舆地志略》可不是一般的地理方志。在日本明治维新的历史进程中，《舆地志略》与福泽谕吉的《西洋事情》，中村正直的翻译书《西国立志编》，并称为“明治三书”，对日本的现代化进程，起到了相当大的思想启蒙作用。它的作者内田正雄，是日本幕府派往荷兰学习欧洲海军军事技术的首批留学生。曾经翻译出版过《荷兰学制》（1868年），对日本的现代化教育的确立与普及，起到了推波助澜的作用。其实，《舆地志略》之所以用那么多的精美的插图，通俗地介绍世界各地的地理山川，风土人情，也与内田正雄的教

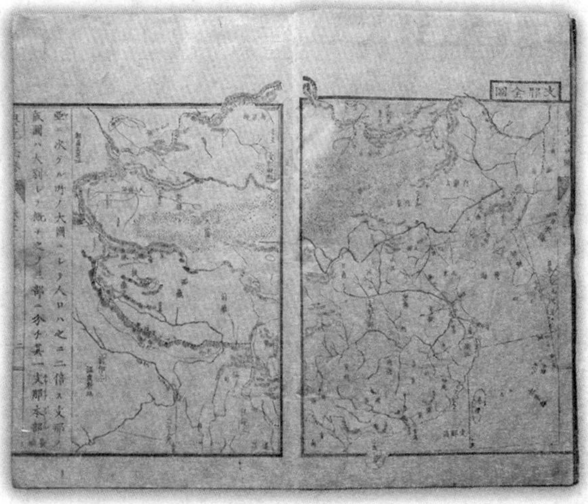

书中精美的木版画和铜版画

育思想有着很大的关系。明治元老伊藤博文就曾说过：“为了使日本国家走上富强的道路，首先必须启发国民多数之智法良能，而近于文明开化之域”。发生在中国的鸦片战争，也曾深深震撼了日本的有识之士，他们大声疾呼，倡导发展教育事业，积极吸收引进西方先进的教育经验和理念，为本国教育发展提供有益借鉴，《舆地志略》等类似的地理书籍，就着重介绍了西方的教育状况与教育制度。这样的启蒙书籍的大量翻译出版，对于启迪民智，对于日本的“脱亚入欧”，功不可没。

说起插图，我还是第一次在线装书中看到铜版画的插图。我发现介绍中国的插图，都是木版的，而介绍外国的插图，几乎都是铜版画。那么，这些精美的铜版画是从欧洲的书籍中直接借用的，还是日本本土的画家创作的？我手头没有更多的直接资料。但是，日本著名的近代油画家川上冬崖曾经为内田正雄编的《舆地志略》作过插图，却是毋庸置疑的。

川上冬崖(1827—1881 年)，青年时出仕过日本幕府的蕃书调所。所谓蕃书调所，是幕府处理西洋事务的机构，类似于日本今天的外务省。但是，幕府在蕃书调所内设置画学局，并不是为了振兴艺术，培养艺术家，而是为了实用的目的，学习西方的技术，去研究作图法、透视法和明暗法。明治政府成立后，冬崖又先后服务于陆军省兵学司、陆军士官学校、参谋本部。他的油画技法，都是为了服务于地图制作等。因此，他为《舆地志略》作插图，是一件非常正常的事情。

川上冬崖学习洋画，还受过当时在日本工作的西方画家的影响，如英文报纸《日本精华报》的发行人，美国的拉凡尔·修娅夫人，《伦敦新闻画报》的特别记者瓦格曼，他的工作就是给报纸画插图。冬崖师从这样的插图画家学习西方美术，他在《舆地志略》中创作的铜版画，技巧已经非常娴熟了。

尽管冬崖从事的是这样实用性的绘图工作，但是，冬崖对于文人画的追求，终生没有放弃。藤冈作太郎在其《近代绘画史》中极恰如其分地表述道："冬崖的画。其皮为'洋'，其肉为'和'。"他在日本近代油画史上的大师地位，仍然是不可否认的。

这样一套图文并茂的具有历史意义的线装书，能够在不经意中淘到，真的是一种缘分啊。

写这篇文章的时候，正是2011年高考的第一天。突然有朋友发来短信，告诉我，湖北省今年高考的作文题，是《旧书》。朋友调侃道："也真是巧也，恰好你今年在《大武汉》开设了谈旧书收藏的书话专栏。莫非出题的老师也是个旧书迷，看了你的文章，受了启发的？"我一惊，继而哈哈大笑。说实话，听到这样的消息，我真的很高兴。我知道，朋友的调侃，其实是一种认同与激励。而我还想说的是，今天还有一个巧合，那就是一个叫药家鑫的大学生，被执行死刑了。药家鑫故意杀人，当然是罪有应得。我悲哀的是我们的教育，至今仍然摆不脱一切围绕分数转的历史噩梦。而教育最核心的本质，其实应该是"育人"，为了今天参加高考的考生中，不再出现药家鑫，不再出现马加爵，不再出现"我爸是李刚"的叫嚣，我们仍然需要像鲁迅先生当年那样大声呐喊：救救孩子！救救孩子啊！

血色实录

说起“庚子事变”，现在的年轻人恐怕非常茫然了。但是，说起“义和团”，说起“八国联军火烧圆明园”，凡是读过书，学过历史的中学生，大概还记得。对于中国人来说，庚子年(1900年)是个充满民族屈辱与深重创痛的年份。慈禧太后携光绪仓皇西逃，西方列强攻陷北京，蹂躏千年古都，火烧圆明园，北京城生灵涂炭，而东南的清朝督抚却与西方列强签订合约，作壁上观……对于一个国家来说，不啻为奇耻大辱。尽管“庚子事变”已经过去近两个甲子，但是，留给中华民族的深重伤痛，却丝毫没有减轻。

一百年来，关于“庚子事变”的书籍出版过很多了。尤其是关于义和团运动，以及义和团围攻北京的外国使馆，从而引发了八国联军攻占北京，相关的书籍也非常之多。但是，有一本书籍，却是历史研究者以及不同观点的学者都予以重视的，那就是一个英国记者用日记形式所记录的“庚子事变”目击记：《庚子使馆被围记》。

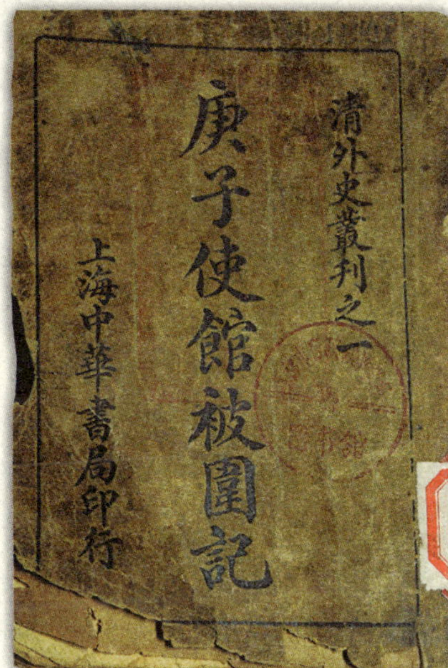

《庚子使馆被围记》书影

《庚子使馆被围记》，作者署名朴笛南姆威尔(B. L. Putnamweale)，陈冷汰、陈一先译，上海中华书局印行，民国六年(1917年)八月初版。我收藏的，就是难得的初版本。

朴笛南姆威尔，英国伦敦《每日电讯报》的驻华记者辛普森(Bertram Lenox Simpson)，英国来华传教士的后代，1877年生于中国浙江宁波。他的父亲，当时在中国海关税务司任职。辛普森青年时代曾赴瑞士留学，回华后继承父业，进了中国海关，在北京的总税务司署专事案头文牍，业余时间，便为英国报纸撰写各种中国报道，算是业余通讯员吧。庚子事变爆发时，辛普森才二十三岁，当两万义和团的拳民围住北京城，围住东交民巷使馆区时，辛普森就在现场。他加入了使馆组织的卫队，白天修工事、筑堡垒，晚上巡逻放哨，甚至拿起枪来参加了多次战斗，从他自己的记载看，乃死里逃生。凭着新闻记者的职业敏感，以及对文字的热爱，他开始用日记的方式，逐日记录他所目击的事件。作为被围困的外国人，他的立场肯定是仇视围城的敌人义和团的。他甚至毫不掩饰地记录自己用杀人来消遣取乐的经历。七月炎夏中的一天中午，阳光酷烈。辛普森困守中觉“枯闷无味”，便越过防线，接近中国大营，想狙击义和团民为“消遣之法”。他躲在肃王府的外墙处，连续击中了三个正在做工的义和团民：其中一人“黄背之上红血汩汩而流，顿时倒下，手足一伸，其命遂毕”。正由于是自己的私人日记，其记叙的事件又是亲自目击的，因此。不管他的立场观点如何，他便真实地保留了一份“庚子事变"目击者的原生态记录。我们知道了，首先是列强的军队5月31日开进北京，直到6月4日，才有拳民陆续从"哈达门"进城。大规模冲突的起因，也是因为列强的事先挑衅："十四日之下午，克林德男爵带领水手一排行于内城之上，见下面沙地有拳民练习，即毫不迟疑发令开枪……拳民死者约二十人"，当日，为解救被义和团捕于一庙中的教民，洋兵又大开杀戒："杀于此者，至少有三十人"。

八国联军占领北京后，辛普森以胜利者的身份，参加了对北京城的烧杀抢掠。他津津有味地如实记下了侵略者的暴行，用他的话说，就是迎来了"受苦难者报复之秋"。他自己也承认，这种报复是"杀人放火，强奸豪夺，无所不有"。他曾目睹一队法国兵将一群"拳匪、兵丁、平民相与搀杂"的中国人逼进城内一死巷内，"机关枪即轰击于陷阱之中，约击十分钟或十五分钟，直至不留一人而后已"。也曾记录野蛮的印度兵"于昏夜中走入教民妇女所居之屋，各抢女人头上所戴之首饰，即一小银簪亦抢之"，然后对中国妇女施以强暴。在8月末的一篇记事中，他自己得意地叙述了同德俄日等国军官一道闯入紫禁城抢劫皇宫之事：以手枪恐吓守宫太监，坐在慈禧太后的卧榻上嚼"香甜之玫瑰酱"，吸"俄国之烟卷"，并看上了"一精美之银便壶"；他还自告奋勇闯入户部银库大门，搜索金银，直至劫掠一空。有意思的是，他一边做强盗，一边又以新闻记者的身份客观评价其目睹的罪行，说各国军队其实都是"盛装骑马之盗贼"，"其所为之事无异，皆杀人耳，抢劫耳"。

在向世界报道"庚子事变"中，有两个人先于辛普森大出风头。一是伦敦《泰晤士报》记者莫里循，一是《芝加哥记录报》记者科尔特曼，他们说服一个信基督教的中国信使混出城，传出了他们的新闻电报，从而使世界第一次知道了各国驻北京使团人员“境遇的严重性”。而辛普森的日记，数年才公开发表，英文书名是《有欠谨慎的北京来信》。但是，由于他的日记是逐日逐月地真实记录，直率描写，比起其他英文书籍“然大半皆有所隐讳或不完全”，他的日记的真实性乃至史料性，便被后来中外各派义和团运动研究者所重视。这也是此书的价值之所在。

出生在中国的辛普森，其一辈子的命运都与中国纠结在一起。1902 年，他辞职，专门为数家英国报纸撰写有关中国的新闻；辛亥革命后，他被伦敦《每日电讯报》正式任命为驻北京记者，先后出版了《满人与俄国人》、《为什么中国看中了赤色》等十余部与中国和远东事务有关的作品。但是，他总是不安分做记者，总是野心勃勃地卷入中国的政治漩涡中。他先后担任过黎元洪总统府对外宣传顾问，奉系军阀张作霖的顾问，在 1930 年中原大战中，他又受雇协助阎锡山反蒋，接收天津海关，竟然与当年一起攻占北京的“战友们”发生了冲突，种下祸根；当年 11 月，因抵制日本人的走私活动，在天津被刺身亡。他在“庚子事变”中抢夺的那些中国的珍贵文物，也不知最后散失在何方？

此书的翻译者陈冷汰，曾翻译过《慈禧外纪》。在书中的序言中，感慨地说：“今之新学家，每谓白人行军为文明之师。观此书所载联军骚扰之状，其文明为何如耶？”一个世纪过去了，我们有幸见到了“文明之师”以各种冠冕堂皇的名义发动战争，造成许多国家至今不能平息的人道主义灾难。同时，我们也身临其境地感受到了中国周边大兵压境的危险。中国的历史创痛，至今尚未平复。纵然有人幻想在北京再次迎接“文明之师”，但是，我想，绝大多数的中国人，是绝对不会允许庚子年间的屈辱，再次在中国重演。

元 年 书 牍

除夕清书，手头正好有中华民国元年出版的旧书，一为上海铸记书栈石印的“四书读本”《孟子》，封面抬头便是“中华民国元年出版”，令人眼热；一为新中国图书局印行的《黎副总统书牍》，抬头也是“中华民国元年”。元月触摸元年，正好应了春节的吉祥。

说起黎副总统，现在的年轻人肯定很陌生了。但是，说起辛亥革命，武昌首义，说起那位被革命党人逼着当了总督的黎元洪，恐怕就会引发大家的历史记忆。这个黎元洪，是武汉黄陂人，人称“黎黄陂”，至今，武汉市的江岸区，还保留着一条纪念其人的“黎黄陂路”，武汉市中医院，正在这条路上。只要是感冒了，发烧了，要开中药了，我就会去黎黄陂路，所以，对黎副总统便印象深刻。黎副总统为了加深印象，仙逝后，将其墓园建在了武昌。如今，墓园复新，正好坐落在我的母校华中师范大学的校园内。据说，此处已成为华师校园一景了。

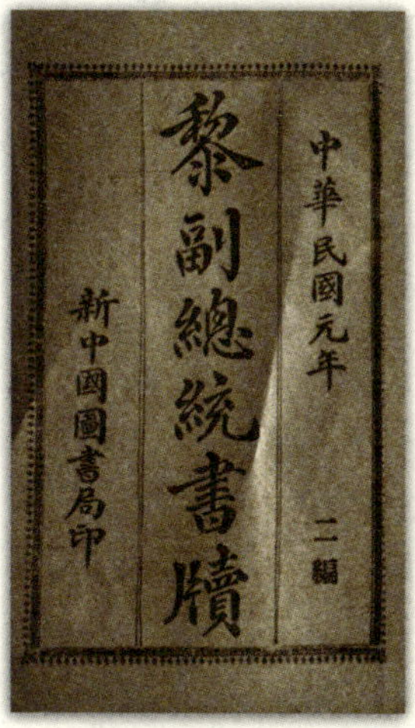

《黎副总统书牍》书影

“四书读本”《孟子》元年书影

黎元洪最为传世的，是他“床下都督”的“雅号”。武昌起义爆发后，湖北革命党的领导人死的死，逃的逃，军情危急，适合担当都督的吴禄贞、蓝天蔚等人远在北方。于是，新军义士们想到了平时尚爱士兵的协统黎元洪，强迫推举他为湖北军政府都督。强迫的过程，说法不一。一说是躲到姨太太黎本危的床底下，被部下马队第一标第一营的排长萧燮增、班长虞长庚从床底下拖出来。一说是躲到黄土坡刘文吉参谋家中，被革命军马荣发现，推枪上膛，他只好从床底下爬出来。于是，“床下都督”的传闻，便不胫而走。

但是，黎元洪作为湖北新军的第二号人物，即使是“被都督”后，对于稳定当时的革命局势，坚守首义之城，促成全国各地纷纷独立，最后促成中国走向共和，仍然起到了不可替代的作用。民国成立后，他曾拥戴袁世凯定都北京，也曾诱杀参加过武昌起义的革命党人。袁世凯为了控制他，与他结成儿女亲家。但是，当袁世凯称帝时，封他为“武义亲王”，他为了维护共和体制，坚辞不受，表现了可贵的气节。在中国“五千年未有之变局”中，他三次被推为民国副总统，两次出任民国总统。作为一个复杂的历史人物，一个世纪以来，他始终没有受到过应有的公正的评价。一百年过去了，是应该给予这位民国元勋公允的历史评价了。

《黎副总统书牍》所选编的，大多是黎元洪就任副总统后的公事电文信函。选编者，为吴砚云。此公不仅编选了黎元洪的书牍，而且，选编了孙中山、袁世凯、黄兴的书牍，时间均在民国元年。这个吴砚云何许人也？上网查了半天，没有查到具体的资料，如同这个“新中国图书局”，只知其在上海，但不知其具体资料。我对吴先生的由衷钦佩，却是要表达的。民国元年，万事待兴，吴先生敏锐地抓住民国元勋们的书牍这一选题，广集博收，迅速推出，将民国共和的第一手历史资料及时收集保留，功莫大焉。台湾的台北大学，就将《黎副总统书牍》等作为珍贵文献收藏。而由其编订的同样于民国元年推出的《孙大总统书牍》，则成为孙中山先生著作最早的结集刊行本。

黎元洪还有一本珍贵的手札，被一位专心收集辛亥革命史料的收藏家彭伟先生发现收藏，并于纪念辛亥革命一百周年之际，由媒体公布于众。该手札名曰《鄂省大都督黎元洪手札》，古余斋印本，十六开线装一册。所用的纪年，是黄帝纪年：黄帝纪元四六〇九年，即公元 1911 年。书中收录了黎元洪就任都督后的公文电文，往来信函，如：军政府照会汉口领事团、黎都督照会各国领事、鄂军都督黎通告将校军士文、鄂都督黎元洪致满政府书、中华民国鄂军都督黎祭告天地文、黎都督致萨军门书、致满政府书、中华民国鄂军都督黎祭告黄帝文，等等，是辛亥首义的珍贵文献，具有很高的史料价值。此书当是黎元洪第一本结集刊行本。据彭伟先生介绍，他曾到中国国家图书馆等多家大型图书馆查证，均未见有关此版本的记载。彭伟说，该书极有可能成为孤本，且木刻印刷，留存至今，弥足珍贵。有人曾出一万元求购，彭伟先生笑而婉拒。

彭伟君，2011 年应该四十岁了。普通警员，收藏各种古书、史料已近二十年。后来专心收集辛亥革命史料。《鄂省大都督黎元洪手札》是他在网上发现的，收藏人在北京。他便起心收藏，不停地往北京打长途电话。功夫不负苦心人，三个多月后，那位藏友终于将书卖给了他。

2010 年秋天，中国作家协会派出代表团，赴加拿大参加纪念辛亥革命百年的国际研讨会。代表团一行六人，我有幸忝列其中。来自中国大陆、台湾、香港以及欧美的作家学者们相聚多伦多滑铁卢大学，从不同的视角历史地研讨辛亥革命。来自武昌首义之地的我，对这样的国际学术会议自然格外的感慨。中国作家代表团被安排住在公园般的校园内，每天清晨，窗外的水禽叫声一片。散步草地与树丛中，小松鼠亦不避人，起立瞪眼，好奇地望着我。这样宁静幽雅的大自然，与每天回忆探讨的辛亥首义、革命牺牲，形成强烈的反差。一晃眼就是龙年了。新春之际，不禁怀念在会议上结识的朋友们。在此，也沾黎副总统的光，问候诸君。倘若有兴趣来武汉考察，再带大家去我的母校，去见见咱们的黎黄陂、黎都督、黎副总统以及几上几下的黎总统吧。

武 汉 百 年

去年下半年，写完30集电视剧《汉口码头》后，好长时间，我都恍恍惚惚的，一直沉浸在历史的幻境中。走在大街上，尤其是走在辛亥首义发生过的地方，眼前出现的，常常是历史记载中的故事与画面。一百年过去了，英雄与谋夫长逝，首义之历史功绩与革命精神却长青，且随着时间的推移，许许多多曾经被人为遮蔽的历史真实，包括历史的细节，越来越多地浮出水面，将历史的真相补充得愈来愈鲜活，愈来愈丰满。

辛亥首义之历史功绩，第一当然是推翻帝制，走向共和，建立民国。这是无数仁人志士抛头颅、洒热血所追求，所向往的。武汉，这座英雄的城市，便因辛亥首义的第一枪，而名扬世界，彪炳史册。在我的藏书中，有两本很有意思的书籍，彰显了武汉的历史地位：一是民国元年商务印书馆推出的《共和国教科书新国文》第六册，封面上标明，是“教育部审定”，“国民学校，春季始业，学生用”，编撰与校订者，为庄俞、沈颐、高凤谦与张元济。这本新国文的教科书，即现在所说的语文课本中，一共有五十课，其中，提及中国城市的，只有四个：武汉、北京、上海、南京。而武汉排在第三十课，在四个城市之首。武汉地位之重要，可见一斑。

关于武汉的介绍不长，现介绍如下：

第三十课　武汉

武昌，湖北省会也。据长江东岸，隔江与汉口汉阳相对。自古称为重镇。

汉口，当汉水入江之口。京汉铁路，自此直达北京。粤汉、川汉两铁路，亦将以此为终点。实南北交通之枢纽也。

革命之役，民军崛起于武昌。越一日而得汉阳，又一日而得汉口。形势所在，故兵家必争之。

课文不长，短短百余字，却将武汉的地理位置与辛亥革命的历史功绩，表述得简明而清楚。要知道，这可是“教育部审定”供全国的国民学校的学生用的。民国元年是1912年，元月一日建立民国，春季开学立即就用上了新课本；而新课本立即就将武汉的介绍作为课文，要全国的莘莘学子诵读。想想看，当春暖花开，江南草长，大江南北的学堂里，传来朗朗书声，孩子们用稚嫩的童声齐诵道：“武昌，湖北省会也。据长江东岸……”作为武汉人，听其诵读，敢不热血沸腾乎？

《共和国教科书新国文》书影

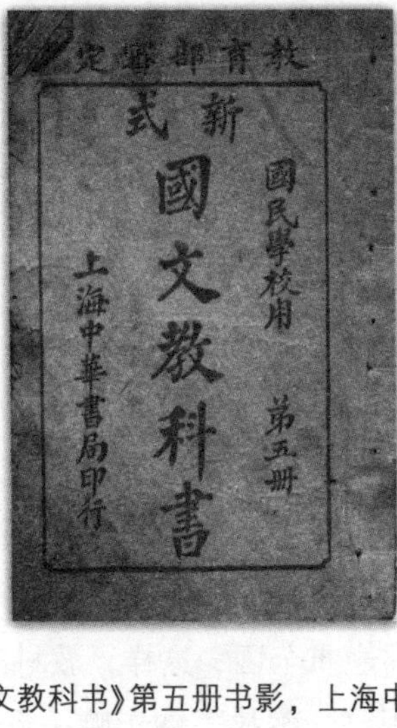

《新式国文教科书》第五册书影，上海中华书局版

《共和国教科书》在这么短的时间内推出，归功于商务印书馆，及其掌门人张元济。张元济学贯中西，曾是清朝的翰林。当年戊戌变法，光绪皇帝要读西方新学的书，开列书单下交总理衙门购买，朝中竟无人能通晓，京城的书店更是少有这样的书。后来呈送给光绪皇帝的书，大部分是张元济收藏的。因为书上有印章，光绪便记住了这个张元济。光绪皇帝下诏戊戌变法的第五天，就召见了张元济。他向皇帝进言的，便是兴办新式学堂、培养各种人才和注重翻译。

戊戌变法失败后，原本等着坐牢杀头的张元济，因李鸿章赏其才，而免死，到上海盛宣怀创办的南洋公学当了译书院院长，后来还当了南洋公学的校长。南洋公学创建于1896年(光绪二十二年)，是当时中国少有的设备最完善、人才最鼎盛的高等学府。张元济在南洋公学风生水起地干了三年，突然做出了一个令人惊讶的决定：辞去全国著名的高等学府校长的显赫职务，跑到上海一条小弄堂里，给一个"排字工人"去打工编书。

"排字工人"叫夏瑞芳，自己开办了一个手工作坊式的印刷工场，取名叫商务印书馆。张元济毅然走进小弄堂去编书，是因为他把中国的希望寄托于"开启民智"，开启民智就要以"扶助教育为己任"，就要出版好书。

就在张元济走进商务的那一年，中国发生了数千年前所未有的大变革：废除科举，倡导新学，成千上百的新式学堂如雨后春笋，遍布全国。这样，教科书就成为大问题。张元济敏感地意识到，教科书的影响关系到一代乃至几代中国人的知识结构、思维方式的改变，他决定自己来编一套国文教科书。

1904年，商务版《最新初等小学国文教科书》出版，被全国各地的学堂广泛采用，印刷总量达到一亿册，成为那个时代教科书的范本。有了这样的基础，同时，有了名流如云的编撰队伍，民国一建立，商务马上就推出《共和国教科书》，就一点也不奇怪了。

除了商务印书馆外，其他的出版机构也纷纷推出自己的教科书。无独有偶，这些新国文教科书，也将武汉列入了课文。我收藏有上海中华书局的《新式国文教科书》第五册，民国五年一月(1916年)初版，到了民国十年三月(1921年)，已经印刷了四十一版。五十课中，也介绍了四个中国城市：北京，武汉，广州，香港。但是，介绍武汉的，竟然占了十六、十七两课！

武汉(一)

长江中流有三镇，如鼎足并峙，曰武昌，曰汉阳，曰汉口。武昌当江之东岸，为湖北省城。形势险要。西与汉阳，隔江对峙。自古为用兵重地。汉阳有兵工厂，制造军器。有铁厂，铁轨之属，多取材焉。

武汉(二)

自汉阳逾汉水而北，则为汉口。地居各省之中，又值江汉之会。清咸丰八年开为商埠。贸易之盛，冠于内地。今者京汉铁路既成，又分筑粤汉川汉两路。交通日便。全国商务，皆以此为中心也。

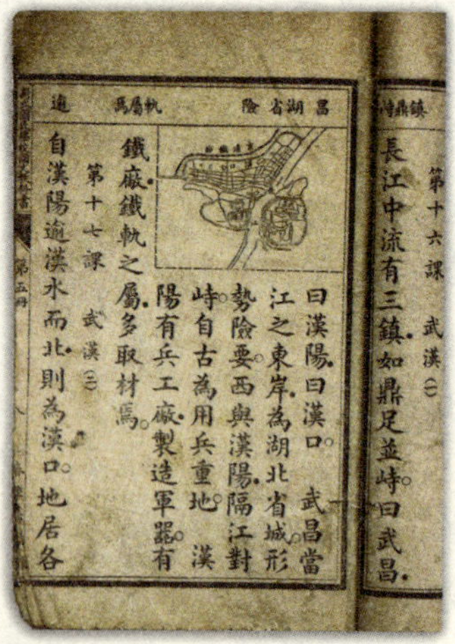

第十六課 武漢(二)

長江中流有三鎮。如鼎足並峙。曰武昌。曰漢陽。曰漢口。武昌當江之東岸。為湖北省城。形勢險要。西與漢陽。隔江對峙。自古為用兵重地。漢陽有兵工廠。製造軍器。有鐵廠。鐵軌之屬。多取材焉。

第十七課 武漢(三)

自漢陽逾漢水而北。則為漢口。地居各

《共和国教科书》中十七课，关于武汉的介绍

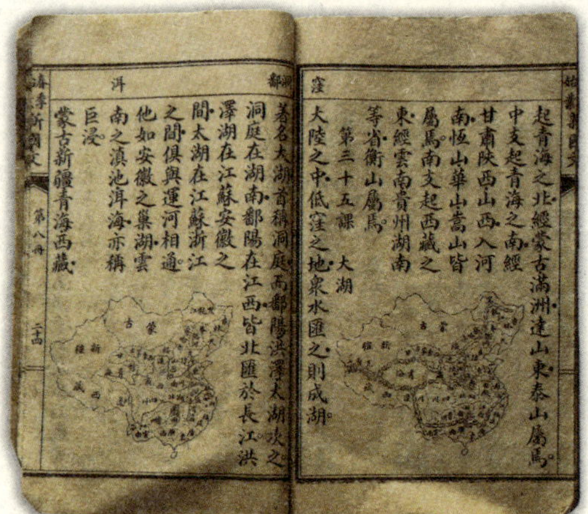

起青海之北。經蒙古滿洲。達山東泰山屬焉。中支起青海之南。經甘肅陝西山西。入河南。恆山華山嵩山皆屬焉。南支起西藏之東。經雲南貴州湖南等省。衡山屬焉。

第三十五課 大湖

大陸之中。低窪之地。衆水匯之。則成湖。著名大湖。首稱洞庭。次鄱陽洪澤太湖。洞庭在湖南。鄱陽在江西。皆北匯於長江。洪澤湖在江蘇安徽之間。太湖在江蘇浙江之間。俱與運河相通。其他如安徽之巢湖。雲南之滇池洱海。亦稱巨浸。蒙古新疆青海西藏

教科书中介绍中国版图

很明显，武汉之所以占了两课，是因为将汉口单独列为一课：“贸易之盛，冠于内地”；“全国商务，皆以此为中心也”。从教科书中，我们可以看到，百年前的武汉，无论是在政治上，还是在经济上，在全国都名列前茅，享有盛誉。一百年过去了，今天，倘若在语文课本中选择介绍中国著名的城市，且只选四个，还轮得上咱们武汉吗？

武汉曾经辉煌，而且，是如此的辉煌。这是我特别想告诉武汉的父老乡亲的。同时，我还想说，武汉人从来都是不信邪的。武汉新的百年，现在就握在我们的手中。

反思启蒙

提起中国人学外语，就有许多的话要说。

中国人对外语的痴迷，世界罕见，简直到了走火入魔的程度。

目前，中国的学生，从小学开始，噢，不！从幼儿园开始，就开始学习外语了。一直学到大学毕业，乃至硕士、博士毕业，外语，主要是英语，就成为将近三亿中国学生生命中的平行线。除了三亿中国学生，还有多少成年人在各种学校里学习英语呢？这样算起来，中国有将近四亿国民，长年累月地在不停地学习着英语。

英语，已经成为中国人的第二语言，而且，成为升学与就业的硬指标。而语文，中国人自己的母语，似乎可以忽略不计。作为曾经的语文教师，常常感到莫大的悲哀。

一个英国，一个日本，都曾经让中国饱受屈辱。而中国人最重视的外语，恰恰是英语与日语。

中国人只要一挨打，而且被打疼了，就对强者恭敬了，

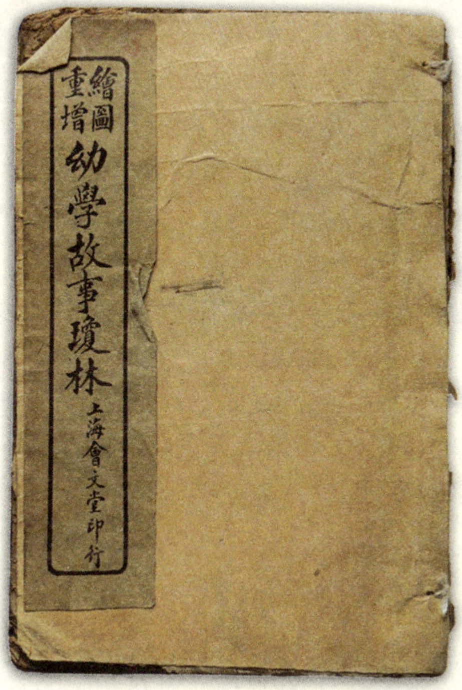

《绘图重增幼学故事琼林》书影

重视起来了。

这样的重视，其实在一百年前就开始了。

我收藏有一些蛮好玩的启蒙读本，比如清朝与民国的《幼学琼林》。

《幼学琼林》最初叫《幼学须知》，是中国古代家喻户晓的儿童启蒙读物。最初的编著者，是明末的西昌人程允升，清朝嘉庆年间，福建人邹圣脉重新作了增补，更名为《幼学故事琼林》。由于是儿童的启蒙读物。全书用对偶句写成，容易诵读，便于记忆。此外，其内容广博，包罗万象，被称为中国古代的百科全书。因此，民间俗语曰："读了《增广》会说话，读了《幼学》走天下"。

我收藏的两个版本，一是《真本改良绘图幼学琼林》，简青斋印，民国六年即 1917 年出版；一是《绘图增注幼学琼林》，福记书局印行，出版时间不详，但肯定是民国初期出版的，因为其后附有"中华民国直省舆地图"。

一曰"改良"，一曰"增注"。那么，"改良"、"增注"了什么新鲜的内容呢？

第一，是在卷首的"历代帝王记"中，终结了数千年的封建王朝，明确记载："始太昊终清宣统共四千八百五十四年"。最后一句是："中华民国共和万岁"，反映了当时的国人对共和的向往。

第二，增加了《文明结婚仪式图》，不仅用文字，而且用图画，详细地说明了"文明结婚"的过程，以及新娘、新郎和宾客应该穿什么衣，戴什么帽，我最感兴趣的，是图中男男女女所穿的衣服，均为新式服装，且均为高领。

文明仪式结婚图

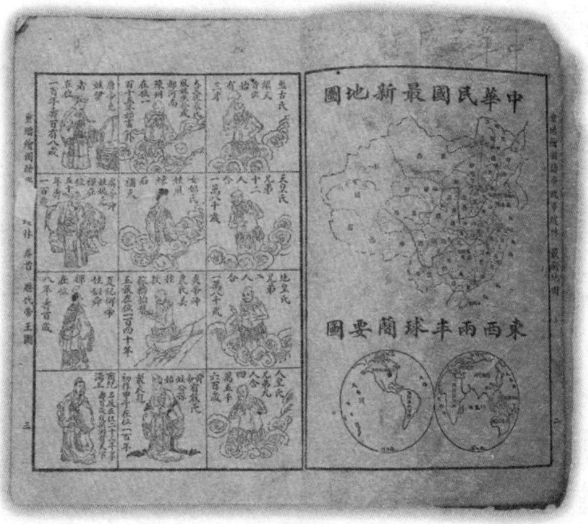

书中介绍中国地图

第三，也是我最感兴趣的，是全书新增了“英语入门”的内容。首先，在卷首增加了英语二十六个字母的介绍，依次是：“楷书大字”(即英语印刷体大写)，“楷书小字”(即英语的印刷体小写)，然后，是“行书大写”与“行书小写”(即英语书写体的大写与小写)。用中国书法中的楷书与行书来比拟英语的印刷体与书写体，实属新鲜。更让我会心一笑的是，所有的字母，以及全书的单词，都用中文标注了读音：哀、皮、西、地、意、爱夫、其、爱去、挨害、及、开、爱儿、爱姆、爱痕……我一边看，一边笑，顿时想起了我们小时候学英语的时候，一开始也是用汉字来标注英语的读音。想不到我们的老祖宗，刚开始学习和推广英语的时候，也是这样干的，而且，是堂堂正正、公公开开地印刷在书上，方便儿童启蒙阅读的。

然后，在全书的天头上，印满了“英文撮要”，即英文单词，成为了一本“英文词典”。其单词的读音，也是用汉字标注的。如：日读“生”，月读“瞒”，星读“司帝”，雪读“司挪”，中国读“采纳”，朋友读“勿伦脱”……看看正文一板正经的木刻的石印典籍，再读读天头的幼稚好笑的汉语注音，仿佛看到白发苍苍的老爷爷和老奶奶，正像小学生一样，认真而可笑地读着汉字注音的古怪的英语读音。

一百年前，我们的老祖宗就是这样学习英语。当中国面临列强的瓜分蹂躏时，他们急切地想知道，为什么泱泱之“中央大国”，竟然被“蛮夷”一再欺辱？西方列强，为什么强大？东方日本，是怎样革新的？他们将目光急切地投向西方，他们将身段低到尘埃里，要自己的子孙从启蒙开始，就学习英语，以便向西方寻求救国富国的真谛。

一百年过去了。一百年的语言启蒙，英语已经成为中国人的第二语言了。我们的炎黄子孙已经熟练地运用英语散布在世界各地了。我们的孩子们吃够了母乳后，就跑到美国服务去了。我们如此恭敬地面对着西方，我们富裕了，将血汗钱都放到美国的口袋里，可是美国揣了咱们的银子，还在穷兵黩武地调动武力威胁我们，围堵我们，而我们呢？还在忍辱负重，强调韬光养晦，一百年不变。

一百年过去了。中国现在又面临着自鸦片战争以来最危险的时候了。面对险恶的世界风云，我们要好好地思考一下：我们究竟需要什么样的启蒙？

彷徨与伤逝

我收藏古旧书的爱好，是从武汉市古籍书店开始的。

武汉市古籍书店，是我生命中最重要的文化乐园。从童年时代开始，我就经常泡在书店里，因为在古籍书店，可以随意翻阅旧书，哪怕你看上一天，也没有人来干涉你。因此，从小到大，古籍书店便成为我的“图书馆”和“阅览室”。

那个时候，书店里也有古旧书卖，主要是线装书。因为价钱不菲，我只能买一点清版书，单册的，或者残本。有一天，书店的老职工张师傅问我：“有一堆民国的旧书，你要不要？”

这堆民国的旧书，堆放在柜台内的墙角里，随时准备处理了。我蹲下翻了翻，心就怦怦地跳了起来：除了刘半农等现代名家的民国版本著作外，其余的都是鲁迅先生的著作！而且，有的还是初版本！

我按捺住激动，装着漫不经心的样子，站了起来，问道：“几多钱一本嘛？”

《彷徨》书影

张师傅说：“你要是喜欢，就都拿去，二元钱一本吧。”

我迅速地算了一下，鲁迅先生的著作，大约有三十几本，需要七八十元钱。可是我的身上只带有十几元钱。那是20个世纪的80年代，我在一家杂志社工作，每个月的工资，只有四十几元钱。买下鲁迅先生的著作，需要我两个月的工资。但我仍然毫不犹豫地决定，全部买下。

张师傅怕我犹豫，就说，如果今天不带走的话，就不能保证能不能留给我了。因为这些书堆着，也不是个事。我说好吧。我马上就去拿钱。

星期天的江汉路、交通路、中山大道，车水马龙，人流如潮。我不敢走远，就在书店附近站着，期待着能遇上一位朋友或者熟人，能借我一百元钱，去买下自己心爱的鲁迅先生的著作。

我就这么望眼欲穿地站住繁华的大街上，四处逡巡张望。大约站了一个多小时，终于看到一位朋友的身影。他是为杂志供稿的作者，喜欢写诗歌和小说。我赶紧大声呼喊他，傻傻地笑着，结结巴巴地说着要借钱。他说正好身上有一百元钱。我立即谢了，拿了钱，转身就朝古籍书店跑去。

一百元钱，我全部买了书。除了鲁迅先生的著作外，我还买了几本当年解放区出版的《毛泽东选集》。

将书抱回家后，爱不释手地摩挲一晚，又惦记起剩下的刘半农等先生的著作了。第二天，我揣足了钱，再次赶到古籍书店，却看到昨天堆在墙角的书，已经放进玻璃柜台里了。而且，每一本的标价，一下涨到了二十五元！

《呐喊》书影

我一下呆住了。

张师傅说，你昨天那样玩命的买，一下买了那么多，就把我买醒了。原来民国的书，也值钱的。

我说，你就按照昨天的书价，让我再挑几本吧。

张师傅说，对不起，昨天已经让你得到便宜了。

一本书得要我半个月的工资。我犹豫了。以后的一个星期，我几乎睡不着觉，那堆书老是在我的眼前晃动。我咬咬牙，又借了钱，决定将那堆书全部买下。可是一到书店，张师傅说，对不起，别人已经全部买走了。

我呆呆地站在书店里，怅然若失。

从那一刻起，我决定开始收藏古旧书，而且，以现代文学史上的名家版本，作为我收藏的重点。

那一次淘到的鲁迅先生的著作，最得意的，自然是先生的初版本。其中，有《彷徨》、《野草》等。《彷徨》是鲁迅先生的第二本小说集，1926年由北新书局出版，收入先生的小说十一篇，其中，《祝福》，《伤逝》等，均是脍炙人口的名篇。比起先生的第一部小说集《呐喊》来，《彷徨》更显沉郁悲怆，也更凸显先生当年真实的心境。从收藏的角度看来，这本书的价值，还在于其封面，是陶元庆先生的创作。

陶元庆，浙江绍兴人，1893年生人，1929年8月6日因病去世，年仅三十六岁。在中国现代书籍装帧史上，采用新颖的现代的图案装饰作为书籍的封面设计，陶氏为第一人。鲁迅先生非常喜欢他的画，多次撰文评介推荐陶元庆的画作，并且一再邀请陶元庆为他的书籍设计封面。《彷徨》的初版本封面，用橙红为底色，用黑色设计了三个装饰性的人物，彷徨地坐在椅上，似坐非坐，似行欲行。在他们的面前，是一个大大的扁扁的傍晚的太阳。画面简练，情绪紧张而饱满，将“彷徨”的意蕴表现得恰到好处。鲁迅看了，非常满意，连连称赞说：“《彷徨》的书面实在非常有力，看了使人感动。”

有意思的是，当时有的人却看不懂封面设计的寓意，以为陶元庆居然连太阳都没有画圆，陶元庆只好苦笑着说：“我真佩服，竟还有人以为我是连两脚规也不会用的！”

阿Q临死前画押，画了半天，还遗憾连个圆圈都没有画圆；《彷徨》的封面，有人认为太阳也没有画圆。这真是令人啼笑皆非的巧合吗？

后来，我还在古籍书店淘到一些好书。遗憾的是，这样一所武汉唯一的特色书店，连同它所在的交通路文化街，都被轰轰烈烈毫不手软地拆毁了。交通路，筑于1916年，二十个世纪的三四十年代，这里遍布书店、报馆、出版社、印刷厂，短短的一条青石板路，两边的书店就有十八家。中国现代史上著名的文化名人，几乎都到过交通路，有的还在那里工作生活过。交通路及古籍书店拆毁时，我曾专程去拍摄了照片，以作最后的绝唱与纪念。那天，去拍摄留念的人还真不少，对于这样无奈的“彷徨”，永久的“伤逝”，我想，这绝不仅仅是我一个人的痛。

就在酝酿这篇有关鲁迅的书话，并清理自己的藏书时，传来周海婴先生去世的消息。我不知道这是不是一种巧合。周海婴先生的著作，我藏有他的《我与鲁迅七十年》。他一辈子牢记父亲的教诲，没有做“空头文学家”，但是，这本著作却让我们看到了“鲁迅之子”的风骨。为了让被极左意识形态遮蔽和诠释了近六十年的鲁迅以及鲁迅的文化精神，得到“还原”和“解放”，他真实地写出了自己的反思。他说：“假如鲁迅作为一个时代的符号要一直存在下去的话，就必须给青年人一个有血有肉的鲁迅，从他的外貌和生活上进行还原。”以他的身份进行这样的反思，是极其重要的心灵史料。

周海婴生前最喜欢的古典音乐，是贝多芬的《田园》交响曲。这首朴实无华、宁静安逸的乐曲，成为海婴先生葬礼中的背景音乐。江南草青，田园春暖，那咿呀的乌篷船，载着先生回乡去了。

人间妙品

“白壁斋书话”刚发了三篇，就引起书友们的注意了。尤其是《彷徨与伤逝》，许多书友对鲁迅先生著作的书影，对陶元庆先生的封面装帧艺术，表现出强烈的兴趣。有的书友在我的微博上留言，希望看到我收藏的陶元庆先生的书影。惭愧的是，我的藏书，大部分装箱堆放了，目前来不及仔细清理。而我的书话的原则，是只发表自己收藏的书籍的书影。好在手头上的几本书影，正是陶元庆先生的代表作，今天是五一劳动节，正好可以和书友们品茗谈书。

我藏有鲁迅先生翻译的，厨川白村的《苦闷的象征》。未名社出版的“未名丛刊之一”，1930 年 5 月八版。并公布了八版的印数：17001—20000。书的扉页，写有“萧衍庆，1931 年，购于武昌”，不知这位萧先生，现在何方？

厨川白村，日本文学评论家。生于京都，本名辰夫。1923 年在关东大地震中遇难，殁于镰仓。鲁迅先生在引言中开篇就说：“去年日本的大地震，损失自然是很大的，而厨川博士的遭难也是其一。”

厨川白村 1904 年毕业于东京帝国大学英文科，1912 年以著述《近代文学十讲》知名于世。1915 年受文部省派送留学海外。1919 年获文学博士学位，任东京帝大教授。著作除《苦闷的象征》之外，还有《出了象牙之塔》、《近代恋爱观》、《文艺思潮论》等。他开展文学批评后，潜心研究弗洛伊德的学说，注意文学与性，与潜意识的关系，但是，又拘束于现实中的日本伦理观念，这种矛盾，使厨川白村深刻感受到了内心的“苦闷”。

厨川白村苦闷的时候，鲁迅也正在苦闷之中，那时创作的《野草》，正是他内心苦闷的展现。厨川白村以及他所研究的弗洛伊德的学说，对鲁迅的创作产生了极大的影响。他的小说《狂人日记》，便带有明显的精神分析特征。

鲁迅将《苦闷的象征》译成中文后，便请陶元庆设计封面。那是 1924 年，陶元庆到北京游历，就住在鲁迅曾经居住过的绍兴会馆里。鲁迅请绍兴同乡，青年作家许钦文转请他作封面画，陶元庆欣然接受，很快就将封面设计好。鲁迅看后，十分满意，称其为这本书“披上了凄艳的新装”。

陶元庆的封面设计，用一个半裸的女性人体作为主体，她披着波浪似的黑发，用嘴舔着染血的武器，在压抑中拼命挣扎。画面略带恐怖，暗藏无限悲哀，陶元庆还用了黑、白、灰、红等彼此相衬的色彩和郁悒的线条，来深刻地表现主题，表达“苦闷的象征”。

此封面一出，便引起强烈的反响。许钦文认为它“首创了新文艺书籍的封面画”。因此，“五四”新文学书籍以图

《桃色的云》书影

厨川白村的《苦闷的象征》书影

案为封面的历史，便始于此书。在新文艺书籍的收藏中，自然显得十分珍贵。而且，这本书初版时，因经费所限，封面只好用单色印成。鲁迅觉得过意不去，于是，待初版售完后，又将自己的版税拿出，再版时，将封面由单色还原为复色。于是，这本书的两个版本，因为有不同色彩的封面，而成为收藏家的珍品，甚至被称为“人间妙品”。而我收藏的，便是复色的封面，当然也是“人间妙品”之一了。

在中国现代书籍装帧史上，将美术作品引入书籍装帧领域，从而开创一个新时代，鲁迅功莫大焉。他自己就曾亲自设计过许多封面。我的手头，就有他设计的《桃色的云》等。陶元庆的封面设计，大胆老辣，天马行空，笔触看似随意挥洒，却将中国传统绘画、东亚和埃及的图案，以及西方的水彩、油画，巧妙创新地熔于一炉，一扫传统装帧的迂腐之气。鲁迅先生非常欣赏他，在短短的时间内，为他写过两篇评论。鲁迅写道：“他并非‘之乎者也’，因为用的是新的形和新的色；而又不是‘Yes’‘No’，因为他究竟是中国人。我想，必须用存在于现今想要参与世界上的事业的中国人的心里的尺来量，这才懂得他的艺术。”鲁迅所说的“新的形和新的色”，正是陶元庆装帧艺术的现代性与独创性。

鲁迅虽然是陶元庆的知音，但是，陶元庆这个人，为人却特立独行，《苦闷的象征》设计完后，鲁迅邀请他到家里做客。他拖了很久，一直到了冬天，才和许钦文一起去过。鲁迅致函陶元庆请他为杂文集《坟》设计封面时，明确提出：“只要和《坟》的意义绝无关系的装饰就好”。但是，

陶元庆先生为鲁迅画的肖像画

《坟》书影

陶元庆却按自己的想法另谋新构，作出一幅有坟，有棺木，有枯木的封面来，其苍凉的意绪，力透纸背，比纯装饰的图案更胜一筹。

我收藏的《坟》，是“鲁迅全集出版社”于“中华民国三十七年三月十日再版”的版本。贴有红色的“鲁迅”印花。

陶元庆作画，极为认真，总是酝酿良久。许钦文回忆，陶元庆“有时躺在床上摇动着两脚吟诗，这是为着准备作画，考虑怎样构图，怎样配色。这时，是不好随便去打断他的思路的。”鲁迅早就想请陶元庆画张肖像，但抽不出时间来端坐着让他写生，一拖再拖，一直未能如愿。后来，鲁迅亲自挑选了两张照片，让陶元庆带到临海去画。陶元庆左手持着鲁迅的相片，右手轻握削尖了的木炭，在画架前一站就是好几天。一直到1926年5月，这张肖像画才完成。这就是鲁迅生前最喜爱的一张自己的肖像，后来，一直摆放在鲁迅北平寓所的客厅正中。

鲁迅与陶元庆的往来，一直充满了温馨的怡怡之情，鲁迅曾多次赠书和宴请他，陶元庆更是对鲁迅执弟子之礼，不仅经常赠予画作，还经常赠送家乡的火腿，以及从西湖边采撷来的梅花。陶元庆因病去世，鲁迅很是悲痛，拿出三百元钱，托许钦文在杭州西湖畔买了三分多地，购了建筑材料，在陶元庆生前喜爱的西湖玉泉道旁为其造墓，题名“元庆园”。岁月沧桑，“元庆园”如今已不复存在，但是，西湖的梅还在，陶元庆的画，以及他与鲁迅先生的友谊，仍然如同西湖的梅花，年年，岁岁，永远清香。

喜得语丝

在我收藏的民国书刊中，最珍贵的藏品之一，便是《语丝》周刊了。

淘到《语丝》，多亏了杭州书友王宜清君。她是我的责编，听说我爱淘旧书，便打探到了不少杭州的旧书店。我去杭州讲课时，她便带我到了耶稣弄收藏市场，这里是闹市区，市场内拥挤昏暗。在一间狭小的旧书摊里，我在老旧的玻璃书柜中，看到了一大摞《语丝》周刊！

凡是学过一点中国现代文学史的人都知道，《语丝》是"五四"运动以后，由鲁迅、周作人、刘半农、钱玄同、林语堂等人发起撰稿的著名的综合性文学期刊，在中国现代文学史上曾产生过很大的影响。能够看见原件已属不易，现在，这么多的《语丝》穿越历史的风尘，静静地展示在我的眼前。我开始心跳加快了。

书摊老板余先生眼镜下滑到鼻翼，抬眼审视打量着我，说，这是老书，很贵的！

我笑笑，老先生，我就是冲着老书而来的。

好大一摞《语丝》。各种版本的都有。来不及细数有多少本。但是，只需一本，就让我的心狂跳了：那是《语丝》第一期，创刊号！

好大一摞《语丝》。许多本都已经脱线了，发黄了，发脆了。余先生拿出来的时候，脆脆的纸屑纷纷扬扬，落了下来。我扫了扫纸屑，请余先生开个价。

你都要？

我都要。

余先生从下滑的眼镜中抬眼望着我，伸出两个手指头。

两千。

好的。成交。

那一夜，我将《语丝》铺了一床。床上当然铺上了报纸。杭州的秋夜很静。空气中有潮潮的水腥气。我躺在床上翻看着《语丝》，在陈旧的书香中，梦回当年。

说起《语丝》，恐怕先得说说孙伏园。这位民国初期被称为“副刊大王”的大胡子，当时正在主编著名的《晨报》副刊。孙伏园是绍兴人，与鲁迅有着师生之谊。自打他接手《晨报副刊》后，将副刊办得风生水起，全国闻名。鲁迅的《阿 Q 正传》，就是经他手在副刊上发表的。但是到了 1924 年，他却愤而拂袖而去。其原因，也是因了鲁迅。

1924 年的北京，风风雨雨传闻的都是徐志摩疯狂追林徽因的故事。待到林徽因与梁思成双双赴欧，失落的徐志摩在《晨报》副刊发表了一首感伤的诗。鲁迅看不得这些无

《语丝》第一期创刊号

病呻吟，写了一首打油诗《我的失恋》予以调侃，寄给孙伏园。结果，《晨报》新来的总编辑是徐志摩的粉丝，没跟孙伏园打招呼，就将鲁迅的打油诗给撤了下来。孙伏园大怒，于是愤而辞职。鲁迅见自己连累了孙伏园，心中不安。当闲不住的孙伏园提出想约朋友自己办一份杂志时，他立即表示大力支持。

1924 年 11 月 2 日，是个星期天。孙伏园约了周作人、钱玄同、顾颉刚、李小峰等朋友，在北京的东安市场一个豆食店里聚会。大家商议，办一个周刊，共同撰稿，费用共摊，每人每月八元。那天鲁迅未到，但是也捐十元，以资创刊。刊名得来也有趣，大家商议刊名的时候，从顾颉刚带来的一本书中，随手翻看到“语丝”二字，均认为有趣，于是，这本周刊的刊名，就叫了《语丝》。

1924 年 11 月 17 日，《语丝》在北京创刊。十六开，八页。每份铜元四枚，外埠连邮寄费三分半。刊址在北京大学第一院新潮社。当时的主编，是孙伏园。我收藏的创刊号可以清晰地看到，第一期的撰稿人，是鲁迅、周作人、孙伏园、钱玄同、江绍原、川岛、衣萍，其中，周氏兄弟各写了两三篇。鲁迅的名篇《论雷峰塔的倒掉》，就发表在创刊号上。而《语丝》的创刊号，则为周作人的手笔：

> “我们几个发起这个周刊，并没有什么野心和奢望。我们只觉得现在中国的生活太是枯燥，思想界太是沉闷，感到一种不愉快，想说几句话，所以创刊这张小报，作自由发表的地方。我们并不期望这于中国

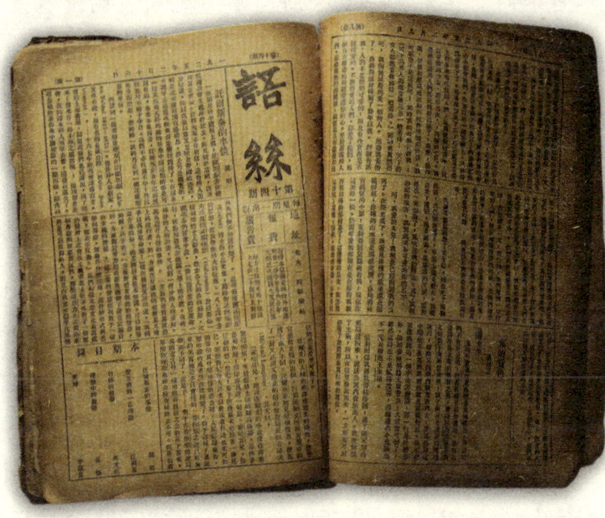

《语丝》内页

的生活或思想上会有什么影响，不过姑且发表自己所要说的话，聊以消遣罢了。

我们并没有什么主义要宣传，对于政治经济问题也没有什么兴趣，我们所想做的只是想冲破一点中国的生活和思想界的昏浊停滞的空气。我们个人的思想尽自不同，但对于一切专断与卑劣之反抗则没有差异。我们这个周刊的主张是提倡自由思想，独立判断，和美的生活。我们的力量弱小，或者不能有什么着实的表现，但我们总是向着这一方面努力。”

创刊号写得很低调，很冲淡，但却鲜明地表达了《语丝》同仁的思想艺术趣味，那就是“想冲破一点中国的生活和思想界的昏浊停滞的空气”，“提倡自由思想，独立判断，和美的生活”。同时，创刊号还鲜明地昭示：我们个人的思想尽自不同，但对于一切专断与卑劣之反抗则没有差异。不管是以鲁迅为代表的杂文，还是以周作人为代表的小品文，《语丝》的作家群在针砭时弊方面形成了共同的风格，那就是排旧促新，放纵而谈，古今并论，庄谐杂出，简洁明快，不拘一格，张扬的仍然是“五四”新文化运动所提倡的“破旧立新”的精神。

《语丝》第一期只印了二千册。当时怕销路不好，还准备了卖不掉，就随手送人。创刊号出来后的星期天，孙伏园、李小峰、川岛三个人拿着刊物到东安门电影院的大门口叫卖，结果，买的人很少。三人很是沮丧。但是，出乎意料的是，书刊市场传来的消息，却是令人振奋。因为《语丝》领衔的几位，都是“五四”时期《新青年》的大将，其刊址又在北大新潮社，于是，在北大一销而空。孙伏园他们立即决定再印二千册。可是，几天后，二千册又飞快卖完，而外地的汇款正源源不断地涌来。于是，第一期的创刊号，他们一口气就再版了七版，印数达到一万五千册，大获成功。

《语丝》周刊共生存了七年，其发展历程，大致经过了三个时期，其一，是创刊的北京时期，包括第一期至一百五十六期；其二，是鲁迅接编的上海时期，包括第四卷第一期至第五十二期；其三，是终刊的上海后期，包括第五卷第一期至第五十二期。刚开始，是一张八页十六开报纸的小型定期刊物，每逢星期一出版。过了一年多，改成了三十二开十六页的装订本。起初，只是在北京大学第一院新潮社做《语丝》的一个编辑、校对、发行的地方，并没有具体的社址，次年，李小峰的北新书局成立，才由北新书局发行。1927 年 10 月 15 日，《语丝》出版第一百五十三期后，被北洋军阀政府查禁。从第一百五十四期起，迁到上海出版，由鲁迅先生主编，后由柔石接编。改为半月刊，1930 年 3 月，出至五卷五十二期后，终于停刊。七年间，共计发行二百六十期。鲁迅先生在《语丝》上共发表诗、小说、散文四十三篇。我收藏的《语丝》，从第一期创刊号起，一直到第五卷的前期，涵盖了《语丝》发展的全部历程，数量近二百期，包含了《语丝》的各种版本。对于旧书收藏者来说，自然是宝贝一般的。岂止是淘书，简直是淘宝呢。

关于《语丝》，有说不完的话题，得静下心来慢慢地品茗细谈。因为真正的宝贝，是“五四”时期那些新文化运动的猛将们。其中的许多人，后来均与《语丝》有过千丝万缕的联系。写这篇文章的时候，正是五一劳动节。再过几天，就是“五四”了。这也是今天将我收藏的《语丝》搬出来，请诸君共同品赏的原因。除了用伏案劳动的实践来纪念劳动节以外，也用《语丝》来纪念伟大的“五四”吧。因为“五四”的历史任务并没有完结，因为我们还需要《语丝》。

周氏兄弟

龙年的春夏，我几乎是在外出讲学的流动中度过的。就像此刻，我正在京广线的动车上写作。时过中午，我四周是一片雄壮的燕赵鼾声，我的前后，都有壮士在大声地用手机谈生意，砍折扣，我便被壮士呼出的酒气与大蒜味所包围。在这样的动荡中，来谈《语丝》，谈冲淡的周作人与硬直的鲁迅，似乎太不适宜。然而刚才在邯郸火车站发生的一幕，又使我不得不想起了这对绍兴兄弟。

那是让我难忘的一幕，一个小伙子与人发生矛盾吧？猛地脱掉上衣，赤裸上身，大声呼喊："哥！哥！"不一会儿，一男子疾步跑来，大概就是哥吧？也猛地脱掉上衣，甩在地上，抽出铁栏杆，甩一根给弟弟，兄弟俩便手握铁棍，雄纠纠地朝前方冲去。

我不知是谁惹了那小伙子。但可以肯定的是，倘若那两兄弟铁棍齐下，胜负自然立现。

于是，当我一上车开始写作时，我便自然想起了"五四”时期这对双星辉耀的绍兴兄弟。他们的共进让我们神往，他们的失和，也让我们扼腕，并且成为历史永远的悬案与遗憾。

绍兴兄弟曾经有过温馨的手足之情。他们都曾留学日本。周作人在日本娶了一个日本太太。正是这个日本太太，埋下了兄弟失和的祸根。但是，那个时候，鲁迅为了成就弟弟的学业与家庭幸福，回到浙江两级师范学堂做生理和化学教师，每月收入甚微，不足自养，但他还是节衣缩食，给周作人寄钱。1912 年，鲁迅北上，任职于中华民国临时政府教育部。周作人夫妇也从日本回到绍兴。兄弟俩开始在事业上合作，一起以“周绰”的笔名发表作品。1917 年，蔡元培上任北京大学校长，鲁迅便向他推荐周作人，蔡元培欣然应允，聘周作人为北京大学中文系教授。那个时候，他们的感情极为融洽，1919 年冬天，周氏兄弟买下了八道湾十一号，兄弟三人终于实现大团圆，还把老母亲接到北京一同赡养。

1920 年年底，周作人的右肋患了肋膜炎，在日本人开的山本医院治疗数月后仍未痊愈，而人多嘈杂的八道湾又不适于疗养，鲁迅甚是着急，便亲自去西山碧云寺，为他找到休养的房间。从 1921 年 6 月初开始，周作人在碧云寺住了半年，一边疗养，一边潜心研读佛经。在此期间，鲁迅经常去探望周作人，并且经常帮他买佛经。查看当年的鲁迅日记，有许多鲁迅前往探望的记载，一方面感慨于他们当年的手足情深，同时，又为他们此后的失和绝交而遗憾慨叹：

《周作人选集》书影

“二十七日，晴。清晨携二弟往西山碧云寺为二弟整理所租屋。”

“午后往山本医院视二弟，取回《佛本行经》二本。”（一九二一年四月二日）

“午后往山本医院视二弟，带回《出曜经》一部六本。”（一九二一年四月十二日）

“下午往卧佛寺购佛书三种，二弟所要。”（一九二一年六月十四日）

“下午至卧佛寺为二弟购佛经三种”（一九二一年六月十八日）

“上午往卧佛寺为二弟购《梵网经疏》、《立世阿毘昙论》各一部。”（一九二一年六月二十二日）

……

如此多的记载，句句二弟。今日读来，令人感慨万千。一直到“失和”事件发生前夕，周作人也在《晨报副镌》上发表文章忆及童年时代与鲁迅一起在桂花树下自编自演儿童剧的情景，文章中洋溢着手足之情，以及对往事的美好回忆。6月，兄弟俩合译的《现代日本小说集》由商务印书馆出版发行，署周作人译，内收鲁迅译作十一篇，周作人译作十九篇。7月3日，周作人还与鲁迅同游东安市场，又至东交民巷书店，买云冈石窟佛像写真。

但是，1923年7月18日，周作人突然给鲁迅写了一封绝交信：“鲁迅先生：我昨天才知道，——但过去的事不必再说了。……以后请不要再到后边院子里来，没有别的话。

《阿 Q 正传》书影

愿你安心，自重。七月十八日，作人。”

于是，鲁迅从当天开始就和周作人家分开吃饭，不久鲁迅就搬出了八道湾，并把朱安和母亲一块接到新家。周氏兄弟从此决裂。于周氏兄弟的反目，从 1923 年 8 月开始，社会上就流传着各种各样的猜疑，造成了“五四”双星的失和；兄弟俩的好友许寿裳说过，他们兄弟不和，坏在周作人那位日本太太身上；而周海婴的说法是羽太信子花钱如流水，“苦的只是父亲，因为他的经济负担更重了。但这一切仍不能让羽太信子称心满意，她的真正目标是八道湾里只能容留她自己的一家人。就这样，在建人叔叔被赶走十个月后，她向父亲下手了。”

看来，周氏兄弟的失和，主要的原因，是家事。

而今天我想说的是，在兄弟失和的情况下，鲁迅与周作人仍然以《语丝》为阵地，共同战斗过。在“三一八惨案”后，以及后来与《现代评论》派的论战中，兄弟俩都曾战斗在一起。

1926 年 3 月 18 日，北京发生“三一八惨案”，段祺瑞政府悍然下令开枪，许多手无寸铁的学生、其中包括了女师大的学生，倒在血泊之中。消息传来，鲁迅悲愤不已，他把这一天称为“民国以来最黑暗的一天”，在《无花的蔷薇之二》中写道：“当我写出上面这些无聊的文字的时候，正是许多青年受弹饮刃的时候。呜呼，人和人的魂灵，是不相通的。”

3 月 29 日，“三一八惨案”十一天后，《语丝》出版了第七十二期，在发表鲁迅此文的同时，发表了周作人《关于三月十八日的死者》，这是他在“三一八”第五天写下的，他谴责“这回执政府的大残杀”，感叹生命的丧失，“这回的数十青年以有用的可贵的生命不自主地被毁于无聊的请愿里，这是我所觉得太可惜的事。”“惭愧我总是‘文字之国’的国民，只会以文字来记念死。”同期还发表了刘和珍的英文老师、女师大教务长林语堂的《悼刘和珍杨德群女士》一文。

紧接着，4 月 5 日，《语丝》第七十三期发表周作人的《新中国的女子》，表示“最可佩服的是女学生们的勇敢”，对她们的“大胆与从容”给予极高评价，热情地讴歌这些“新中国的女子”。4 月 12 日，《语丝》第七十四期发表鲁迅 4 月 1 日所写的《纪念刘和珍君》：“三个女子从容地转辗于文明人所发明的枪弹”时“惊心动魄的伟大”，她们“在弹雨中互相救助，虽殒身不恤的事实”感动了世代的人们，也将杀人者牢牢钉在历史的耻辱柱上。

面对学生的惨遭屠戮，鲁迅、周作人都感到深深的无奈，所以，他们不约而同地说起“沉默”。鲁迅写道：“惨像，已使我目不忍视了；流言，尤使我耳不忍闻。我还有什么话可说呢？我懂得衰亡民族之所以默无声息的缘由了。沉默呵，沉默呵！不在沉默中爆发，就在沉默中灭亡。”而周作人也说道了沉默：“我索性不写，索性不说了。沉默是惟一的哀悼罢。”

周氏兄弟通过《语丝》进行文字上的交往，还表现在此前的“北京女师大风潮”中，以及为此与《现代评论》派的论战中。于是，《语丝》记载了周氏兄弟难得的交往。这些《语丝》，都在我的收藏之中。常常在宁静的深夜，翻阅这些泛黄的珍贵的历史，便有许多的慨叹。当年的血痕墨痕俱在，往事并不如烟。至于周氏兄弟后来的分野，那是后话了。

最后一课

我的古旧书的收藏，许多都是在假日书市的书摊上淘来的。武汉的徐东、崇仁路、香港路、泰宁街等地的古玩市场就不用说了；北京的潘家园，上海和苏州的文庙，杭州的图书馆，但凡我出差到了这些地方，都是必去淘书的地方。

杭州新建的浙江省图书馆，每逢双休日，门前广场便有旧书书市。架设条桌摆书摊的有之，就地摆地摊的亦有之。胡适先生的《短篇小说》(第一集)，就是在这里的地摊上淘到的。

在一大堆花花绿绿的还是崭新便成了“旧书”的言情武侠小说之中，这本没有封面的旧书孤零零地躺在一边。幸亏还有目录；幸亏还有版权页——这是旧书收藏最重要的要素。翻开版权页，我的心跳就加快了：这是胡适先生最早翻译的第一本外国的短篇小说集，民国八年十月初版，此版本为民国十五年四月九版，亚东图书馆印刷发行。

我拿着书站了起来，眼睛盯着地摊上的“花花绿绿”，漫不经心地问地摊老板：“这本破书多少钱啊？”

老板叼着烟，眯缝着眼，看了看，说：“最少五块钱！”

我赶紧递给他十元钱。

老板掏出一把皱巴巴的零票子，我笑着说：“不用找了。”

书老板也笑了，叼着烟指着地摊上的“花花绿绿”说：“嘿嘿，随便挑！”

对不起，那些“花花绿绿”就是送给我，也不要了。

《短篇小说》(第一集)是胡适先生翻译作品的第一次结集。胡适先生在“五四”时期首举“文学革命”的义旗，成为新文学运动的先驱，已经得到了历史的公认。但是，作为胡适“五四”时期文学活动的一个重要方面，其外国短篇小说的翻译，却鲜为人们注意。《短篇小说》(第一集)的珍贵在于，胡适在文学创作上的贡献，并不限于其新诗之《尝试集》；而是用其对于外国短篇小说的翻译与介绍，向当时之文坛输送了清新之风，如同他理性之说：“今日欲为祖国造新文学，宜从输入欧西名著入手，使国中人士有所取法，有所观摩，然后乃有自己创造之新文学可言也。”《短篇小说》(第一集)便是向中国输送外域之营养的珍贵的实践。

《短篇小说》(第一集)共收胡适八年间翻译的十一个短篇，书后附有胡适《论短篇小说》的演讲。胡适在“译者自序”中介绍道：“这些是我八年来翻译的短篇小说十种，代表七个小说名家。共计法国的五篇，英国的一篇，俄国的两篇，瑞典的一篇，意大利的一篇。”具体而言，第一集收

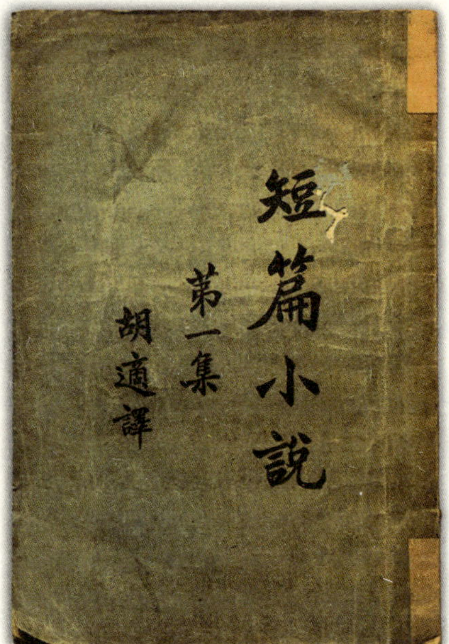

胡适翻译的《短篇小说》书影

法国作家都德小说两篇(《最后一课》、《柏林之围》)、法国作家莫泊桑小说三篇(《梅吕哀》、《二渔夫》、《杀父母的儿子》)、英国作家吉百龄小说一篇(《百愁门》)、俄国作家泰来夏甫小说一篇(《决斗》)、俄国作家契诃夫小说一篇(《一件美术品》)、瑞典作家史特林堡小说一篇(《爱情与面包》)、意大利作家卡德奴勿小说一篇(《一封未寄的信》),以及再版时,新加入的俄国作家高尔基的小说一篇(《她的情人》)。

胡适翻译这些短篇小说的时候,正在美国留学。从胡适日记中最早出现与翻译小说有关的记载,是 1912 年 9 月 26 日。当时胡适已经从康乃尔大学农学院转入文学院。他的日记中这样记载:"夜译《割地》,未成。"9 月 29 日又记载:"夜译《割地》成。寄德争,令载之《大共和》。"《割地》,即法国作家都德的著名短篇小说《最后一课》。胡适非常看重这篇翻译小说,将其放在《短篇小说》一集的首篇,并在小说文本前写下介绍作家与作品的题记,介绍法国败于普鲁士之后,割地赔款,"五倍于吾国庚子赔款"。他介绍道,这篇小说是托一个小学生之语气,"写割地之惨,以激扬法人爱国之心。"题记的时间是:"民国元年九月记于美国"。看来,胡适日记记载的时间,与小说集题记中标明的时间,是吻合的。

都德《最后一课》,胡适是用白话文翻译的。他的另外一篇小说《柏林之围》,则是用半文言翻译的。这也是蛮有意思的事情。众所周知,晚清翻译外国小说的,不乏其人,最著名的,当数林琴南。他的翻译,全用文言。其后,鲁迅、周作人兄弟翻译外国的短篇小说，结集为《域外小说集》，用的也是文言。而胡适是第一个用白话文翻译都德的这两个名篇的。因此，这两篇小说后来都成为了民国时期国文课的教材。一直到20世纪的80年代，我师范毕业，到中学教语文的时候，都德的《最后一课》还在初中的语文教材中。当然，那个时侯，我一点也不知道，都德的《最后一课》最早是胡适翻译的；其实，即使知道了，也不敢说，那个时候，胡适的头上戴着一大摞高帽子，每一顶帽子上，都写的是“反动”或者“反革命”。

现在看来，颇具讽刺意味的是，“五四”时期的胡适，不但不是“反动文人”，而是赫赫有名的新文化运动的战士。他翻译都德的爱国主义作品的时候，才二十一岁。他对翻译作品的选择，他在作品前的短短题记，对于割地赔款的沉痛之情，无不渗透着一个海外留学生拳拳的爱国之心。他的赤子之心，他的爱国之情，在《短篇小说》一书中展示得像火山喷发后滚烫的岩浆。我不知道后来批判或者研究胡适的人为什么有意无意地回避或者遮蔽这一点？有网友评论此书说：“这是一笔被湮没了近百年的财富，这是一个心底澄澈的留美学子对于苦难最诚恳的关怀。除了《最后一课》和《柏林之围》为大家所了解外，其他的几篇动人至深的短篇小说都尚处于被遮蔽的状态中，网络上没有相关的资料，甚至连《柏林之围》也没有胡适的半文言译本，实在感到可惜。而我相信这正是深处于苦难之中而麻木不自知的我们所正需要的文学。”

这样的感觉，深得我心。

说来有趣，胡适先生翻译编选这本短篇小说集，还有一个原因，就是看不惯当时社会上流行的“花花绿绿”的鸳鸯蝴蝶派的才子佳人小说，看不惯千篇一律的滥调文字，类型化的基本模式，胡适先生总结其模式，揶揄如：“某生，某处人，幼负异才……一日，游某园，遇一女郎，睨之，天人也……”或者，就是：“某生，某处人，生有异禀，下笔千言……一日，于某地遇一女郎……好事多磨……遂为情死。”看来，今日之类型化的“花花绿绿”的言情穿越，倒像是一百年前类型化的轮回。中国的现代化之路正处在一个历史的拐点上，转型期间巨大的阵痛正日益凸显在我们的面前。可是我们的文化空间，却弥漫着“娱乐死”的甜腻与虚空。但愿我们的孩子都能读读都德的《最后一课》，不要醉梦醒来，发现自己正面临着形形色色的“最后一课”。

杜威来了

1919年4月27日，美国哲学家约翰·杜威在日本熊本港乘坐熊野丸号，前往中国上海。陪同他一起开始中国之旅的，还有他的夫人爱丽思和女儿露西。

熊本又名银杏城，位于日本的西端，山环海绕，气候温暖。杜威先生在这里很愉快。在他的远东之行中，并没有到中国讲学的计划。但是他的学生胡适此时正在中国的北京大学任教。在美国求学期间，胡适就亲聆过杜威的教诲，并深受其影响。现在，老师到远东来了，他能不高兴吗？

胡适便想邀请杜威到中国来演讲。

也许是一种天意，恰巧胡适的两位朋友正在日本，一是北京大学的蒋梦麟，一是南京高等师范学校的校长郭秉文。受胡适的委托，他们立即登门拜访杜威夫妇，盛情邀请他到中国讲学。

于是，便有了杜威的中国之行。

熊野丸号在蔚蓝色的大海上朝着中国进发。海风吹动着杜威的卷发。在他看来，中国之行只是远东之行的一个小小的休憩。他完全没有想到，此次一去，竟然会在中国一待就是两年，而且，就在他抵达中国不久，他就亲身经历了中国近代史上著名的“五四”运动。从此，与中国结下了不解之缘。

杜威即将来中国演讲的消息，已经引起了舆论轰动。4月28日，《申报》就发布了美国哲学家杜威博士定于30日到沪的消息，并称“博士为世界思想领袖，教育先导”，所以“教育部、北京大学、南京高等师范学校、江苏省教育会和浙江省教育会均将派代表欢迎”。

杜威到达上海，正是“五四”运动爆发的前三天。首场演讲会，由陶行知负责组织，沈恩孚主持会议，蒋梦麟翻译，潘公展记录。5月3日和4日，在江苏教育会会场，杜威先后作了两场《平民主义的教育》演讲，有千余青年冒雨赶来，“座为之满，后来者咸环立两旁”。由此，杜威开始了中国的演讲之旅。

三天后，“五四”运动爆发了。原打算过了夏天就回美国的杜威夫妇，被这场运动所吸引，这个“奇怪的国家”也对他们具有一种奇怪的魅力。当中国的学生们希望他能在中国多待一些日子时，他很乐意，并向哥伦比亚大学请假一年，后来又续假一年，直到1921年7月11日，才回国。这样，杜威在中国待了两年零两个月之久。两年中，他的足迹遍及中国的奉天、直隶、山西、山东、江苏、江西、湖北、湖南、浙江、福建、广东十一个省，马不停蹄地作

《杜威五大讲演》书影

了数百次的学术讲演和大众化演说。一时间，杜威的大名出现在中国各大报刊上，他的演讲被翻译后，连篇累牍地在各地的报纸与杂志上发表，1919 年 6 月，上海《时事新报》副刊《学灯》开始连载杜威演讲，十多种演讲一直连载到 1920 年 6 月。

杜威演讲的内容涉及很多方面，其中包括十六次关于社会哲学与政治哲学的演讲，十六次关于教育哲学的演讲，十五次关于伦理学的演讲，三次关于现代三大哲学家的演讲，此外还有关于哲学思想派别、现代教育趋势、美国民主发展、实验逻辑的系列演讲，等等。比较系统的演讲，是在北京大学所作的《五大讲演》，即《社会哲学与政治哲学》、《教育哲学》、《思想之派别》、《现代的三个哲学家》和《伦理讲演纪略》。在全国一片“杜威热”中，《杜威五大讲演》由北京晨报社于 1920 年 8 月推出初版，编入“晨报社丛书”第三种。同年 9 月马上再版，成为当时影响最大的杜威演讲集译本，在杜威尚未离开中国之前，就已出版十版以上，每版印数高达一万本。杜威的演讲在当时产生了多么大的影响，由此可见一斑。

我收藏的《杜威五大讲演》版本，是晨报社当年 9 月的再版本。封面无任何装饰，直书“杜威五大演讲”，右首直书“晨报社丛书第三种”，字体为红色。版权页记载为：“中华民国九年六月二十日印刷。中华民国九年八月一日发行。中华民国九年九月一日再版。中华民国九年一月十日发行。”这样的记载，将印刷、发行、再版的日期分别列出，新颖有趣；同时，我们也可以看到，仅仅一个月，该书就获再版，定价为上下两册大洋八角。

“五四”前后来中国讲学访问的外国学者与作家，有杜威、罗素、泰戈尔等。但影响最大的，当推杜威。胡适说：“自从中国与西洋文化接触以来，没有一个外国学者在中国思想界的影响有杜威先生这样大的。”他甚至还断言：“在最近的将来几十年中，也未必有别个西洋学者在中国的影响可以比杜威先生还大的。”在中国的两年中，杜威肯定来过武汉演讲。他何时来汉？演讲的内容是什么？目前我的手头没有详细的资料。但是，他来武汉演讲的地点，应该是武昌昙华林的文华大学。具体的地点，是老华大的室内体育馆：“翟雅各健身所”。这所中式琉璃瓦的建筑，是为纪念文华大学的首任校长英籍人翟雅各而建，又名杰克逊纪念体育馆。著名历史学家、华中师范大学的老校长章开源教授曾经回忆说，杜威、侯仁之等中外著名学者都曾在此讲学，他自己对此类讲座印象深刻，受益匪浅。

就在杜威来武汉演讲的那段时间，英国哲学家罗素也来到了中国。他携带的不是他的太太，而是热恋中的女友勃拉克。他也曾到武汉演讲，然后去了长沙。湖南督军谭延闿为罗素举行了一次豪华盛大的宴会，就是在这个宴会上，罗素第一次遇见了杜威。在长沙，罗素连讲了四次课，其中一讲是《布尔什维克与世界政治》，有意思的是，台下作记录的人，竟然是青年毛泽东。毛泽东对这位西方大哲的每句话都详细记了下来，并作了深入的思考，而罗素当然不会留意台下作记录的青年学子，更不会想到，就是这个毛泽东，后来缔造了一个新中国。

杜威在中国的演讲，许多都是胡适翻译的。作为杜威的得意弟子，胡适不但深受其影响，而且，也与杜威保持着终生的友谊。但是，有意思的是，杜威老先生的第二任妻子，竟然与他的学生胡适先生有过一段情史。2004 年，余英时先生在读《胡适的日记》时，发现在 1938 年的夏天，胡适与一位叫洛维茨的女子往来特别频密。这位洛维茨小姐是犹太人，父母是杜威的旧交，从小与比她大四十五岁的杜威相熟。1936 年，她在纽约定居，与鳏居已久、年已近八十的老哲学家产生男女之情。1946 年 12 月，四十二岁的洛维茨与八十七岁的杜威结婚，成为杜威的第二任夫人。胡适与洛维茨小姐的情缘，发生在 1938 年的夏天，胡适出任民国驻美国大使的时候。在给胡适的信件中，她称胡适为“亲爱的老头子”，还意味深长地引用著名歌剧《蝴蝶夫人》中咏叹一对异国男女爱情的名句来隐喻她与胡适之间的感情。胡适与洛小姐亲密交往时，杜威正在与洛维茨热恋。因此，胡适的这段情缘便特别耐人寻味。师生同时爱上同一个女子，这也许是当年胡适请杜威先生来中国时，没有想到的吧？

白杨礼赞

“白杨树实在不是平凡的，我赞美白杨树！”

这是茅盾的散文《白杨礼赞》的开篇。每当我朗读这个句式时，便想起了长江边的那所乡村中学，想起了美丽的严西湖，湖边灿若云霞的桃花，以及简陋教室里朗朗的读书声。我的“乡村男教师”生涯，就是从清晨的朗读开始的。其中，就包括了无数次地朗读《白杨礼赞》，因为它是初中语文教材中的课文。

《白杨礼赞》写于1941年3月，那时，中国的抗战正处于相持阶段。茅盾1939年3月到新疆讲学，第二年5月赴延安鲁艺讲学，当年10月，离开延安到重庆。茅盾的作品，主要是小说，大部分是着力暴露旧社会黑暗的，可是这篇散文却以昂扬的革命激情，通过对白杨树的赞美，歌颂了坚持抗战的北方农民，以及中华民族质朴、坚强、力求上进的精神。

我收藏有茅盾先生《白杨礼赞》的一个初版本，是上海

《白杨礼赞》、《幻灭》书影

《腐蚀》、《清明前后》书影

新新出版社民国三十五年五月的初版本。书中收录了茅盾先生的十八篇散文，分为四辑。《白杨礼赞》为第一辑中的第四篇文章。书中有茅盾的自序，自序的最后一段，说明了为什么要以《白杨礼赞》作为书名："题名为《白杨礼赞》，则因例须择一篇为书名，而同时亦以自志五年漫游中所得最深刻之印象罢了。"结尾的题款也很有时代气息："三一年十一月十二日于桂林。是日敌机先后四批来袭，据闻共数百架，我无损失。"

北方的白杨树。这是作者"五年漫游中所得最深刻之印象"，忍不住要充满激情地高声赞美："白杨不是平凡的树。它在西北极普遍，不被人重视，就跟北方农民相似；它有极强的生命力，磨折不了，压迫不倒，也跟北方的农民相似。我赞美白杨树，就因为它不但象征了北方的农民，尤其象征了今天我们民族解放斗争中所不可缺的朴质，坚强，力求上进的精神。"

在抗日战争最艰苦的时刻，茅盾的激情不是从天上掉下来的，而是从其生命中，从其亲身参加革命斗争的人生历程中，迸发出来的。

众所周知，茅盾是"五四"时期著名的文学社团"文学研究会"的发起人，而文学研究会是新文学运动中成立最早、影响和贡献最大的文学社团之一，于 1921 年 1 月 4 日在北京中山公园来今雨轩成立，由周作人、郑振铎、沈雁冰、郭绍虞、朱希祖、瞿世瑛、蒋百里、孙伏园、耿济之、王统照、叶绍钧、许地山十二人发起，后来陆续发展的会员有冰心、朱自清、老舍、徐志摩、刘半农、夏丏尊、刘大白、王鲁彦、庐隐、朱湘等一百七十余人。由于茅盾、郑振铎曾经先后主编过当时最有影响的《小说月报》，而《小说月报》几成文学研究会的会刊，所以，文学研究会的会员中，许多均成为新文学运动中卓有贡献的作家与学者。其中，茅盾的影响与贡献，是自不待言的。

在那个如火如荼的时代，年轻的茅盾除了参加文学活动，也积极投身于当时的革命斗争。许多年轻人恐怕不知道，茅盾即沈雁冰，曾经在1921年初，就参加了上海共产主义小组。同年7月，中国共产党成立，茅盾便成为中国共产党最早的党员之一。1922年后，曾以《小说月报》编务为掩护，从事党中央联络员工作。1925年底，茅盾被选为左派国民党上海市党部代表，赴广州出席国民党第二次全国代表大会。会后，留广州工作，在毛泽东任代理部长的国民党中央宣传部作秘书。到了1926年3月，“中山舰事件”爆发，茅盾离开了广州。同年10月，北伐军占领武汉，成立国民政府，茅盾来到武汉，在中央军事政治学校武汉分校担任教官。1927年春，出任汉口《民国日报》主编。当年的7月，汪精卫公开叛变革命，茅盾撤离了武汉，准备去江西参加南昌起义。到了九江，却因路途阻塞，经牯岭回到上海。这时，他遭到国民党的通缉。从此，他以茅盾为笔名，开始了创作和其他的文学活动。大武汉，留下了茅盾许许多多的人生足迹。

茅盾的文学成就主要是小说。但是，除了散文，他还写过话剧。1945年，抗战刚刚胜利，重庆就爆发了黄金提价舞弊案。国民党财政部宣布黄金自每两二万元提价至三万五千元。事先获得消息的主管人员及官僚政客乘机抢购以获暴利。案发后，全国舆论哗然。茅盾读了新闻非常气愤，便决定“换把刀来试试”，创作一个剧本公演。这件弊案发生在“清明”前不久，剧名就叫《清明前后》。刚成立的中国艺术剧社接下了这部戏，著名演员赵丹担任导演。9月26日，《清明前后》正式公演了。第一天的上座率只有六七成。茅盾很担心，到了第四天，他戴了一副墨镜，悄悄去察看售票情况。结果令他大吃一惊：售票处排起了双行长队！后来，《清明前后》场场爆满，演出气氛热烈，剧场内掌声不绝。记者在报导中称之为“罕见的现象”，“盛况空前”。这样一部深受欢迎的好戏，自然刺痛了国民党当局的中枢神经，他们不敢公开明令查禁，却由国民党中央宣传部向各地发出一份密电：“茅盾(即沈雁冰)所著之《清明前后》剧本，内容多系指责政府，暴露黑暗，……固特电达，倘遇该剧上演及剧本流行市上时，希即密饬部属暗中设法制止，免流传播毒为荷。”

“暗中设法制止”，这便是当时的国民党中央宣传部的惯用手段了。

我收藏有《清明前后》的多个版本。其一，为开明书店1951年10月第八版。该书初版于1945年10月，几年后便达到八版，看来印数不少。还有一个好玩的版本，是东北军政大学编委会翻印的。封面盖有“东北军政大学三支队图书”的印鉴。

看来，国民党中央宣传部的“暗中设法制止”，根本不起作用。清明前后，正是草长莺飞的季节。生机勃勃的春天，又有谁能制止得住呢？

人生大乐

在“五四”时期的文学大家中，我最喜欢的，也自觉亲切的，是郑振铎先生。按照今天时髦的说法，我应该是他的“粉丝”。不仅仅因为他是“文学研究会”的中坚，主编过《小说月报》，翻译过大量的外国作品，更重要的是，他是一个真正的大学者，大藏书家，是中国 20 世纪的文化大师。读着他的人生，我惊讶且钦佩的是，在烽火连天的动荡岁月里，一个人怎么会分身有术地做那么多的事情：编书，主编杂志，写作，翻译，做学问，当教授，研究中国的俗文学、版画史，参加各种各样的文学活动、社会活动，还要收藏保护文物与书籍，还要参加革命，流亡国外……民国一代的作家学者，他们的生活与创造，是我们习惯生活在体制为我们制定好的方格子里面的人，难以想象的。

和那个时代的许多文学大家一样，郑振铎的文学活动也是从 1919 年“五四”运动开始的。刚开始，他与瞿秋白、许地山等人，发起成立了“新社会小组”以及“人道社”，后来，这两个组织的成员集体加入了文学研究会，郑振铎是发起人之一。叶圣陶在回忆文学研究会的历史时曾说："郑振铎是最初的发起人，各方面联络接洽，郑振铎费力最多，成立会上，郑振铎当选为书记干事，以后一直由郑振铎经管会务。"郭绍虞也说："文学研究会的组织，振铎是核心人物之一。正因为如此，所以后来振铎到上海，文学研究会也就跟着移到上海来了。"由此可见，郑振铎是个天生的组织家。除了主持会务，发展会员，他还主编出版了《文学研究会丛书》、会刊《文学旬刊》、《星海》，以及 1923 年后的《小说月报》；发起并带头批判"礼拜六派"与"学衡派"；与创造社有关文艺观点展开论争；还以文学研究会的名义，积极投身"五卅"运动和大革命运动。当然，也忘不了谈恋爱，成家立业。他的妻子高君箴，1901 年出生在汉口，是商务印书馆总编辑高梦旦先生的小女儿，当时，他在上海商务印书馆工作，同时在商务出资办的神州女中兼课，高君箴是他的学生。高君箴也是文学研究会的会员，而且，是一名儿童文学作家。她的英文极好，曾和郑振铎合作译述童话集《天鹅》，1924 年 12 月由商务印书馆出版。

郑振铎酷爱藏书，被朋友们称之为"书痴"。对于古书，他的口头禅是："喜欢得弗得了。"在商务印书馆工作期间，他经常邀请叶圣陶下班以后去喝老酒，可是，只要路过旧书店，他就会把叶圣陶撇在街上，自己钻进去淘书。如果买到一本残缺的抄刻本，他会高兴得手舞足蹈，天真如儿童，连不怎么喜欢旧书的叶圣陶也都受到感染，跟着高兴起来。

郑振铎的收藏面极广，其倾毕生之力，搜求宋元以来

文学论争集书影

的历代诗文、别集、总集、歌词、戏曲、小说、弹词、宝卷、版刻插图和外文版艺术图书，等等，近十万卷，是当代藏书家中屈指可数的。他的藏书，常常是为了研究的需要，他在《劫中得书记》中就说："我从来没有想到为藏书而藏书。我之所以收藏一些古书，完全是为了自己的研究方便和手头应用所需。"因此，"只求实用，不求珍贵。不必非是宋版元抄，只要是最充备，最无错误的校刻本，就无所不收。"他的藏书中，同一部书，往往有多种版本。如《水浒传》有二十九种；《西游记》有三十一种；《红楼梦》有四十二种。这些藏书，为他撰写《文学大纲》、《插图本中国文学史》、《中国俗文学史》、《俄国文学史略》、《中国古代木刻史略》等专著，提供了丰富的资料。

作为一个爱书的收藏家，郑振铎最可贵的，是不惜一切，为国家收集抢救文物古籍。"楚人之弓，未为楚得"，于是便有这样的肺腑之言："我不能逃避我的责任。"1937年，日寇侵华，大量珍贵善本古籍图书痛失外流。据美国国会图书馆东方部主任赫美尔说："中国珍贵图书，现正源源流入美国，举凡稀世孤本，珍藏秘稿，文史遗著，品类毕备。"郑振铎为此非常愤慨着急。为了抢救大批珍贵民族文献，他毅然决定留守孤岛上海，以一己之力，四年间，共抢救国宝级古籍八十余种，珍本善本约三千八百种，总计三万余册，相当于当时北平图书馆的善本总和。为了防止被日伪特务发现，这些书籍还要经常寻觅安全场所，秘密地搬来搬去，"其间艰苦困厄之情，焦虑萦心之态，殆非尽人所能告语"。每每读到郑先生抢救古籍的故事，心中便油然而生敬意。然后便问自己，倘若当年是你，你做得

《郑振铎杰作选》、《蛰居散记》、《郑振铎选集》书影

到么?

但是，作为爱书人，我与郑先生的心情是共通的。我喜欢郑先生谈及淘书心情的文字，并且颇有同感。郑先生说：“予素来恬淡，于人世间名利视之蔑如。独于书，则每具患得患失之心，得之，往往大喜数日。”谈及淘书之乐，先生说：“夕阳将下，微磺吹衣，访得久觅方得之书，挟之而归，是人生一乐。”他的名言，每得一好书，如同将军攻下一城池，亦深得吾心。

我藏有郑振铎先生书籍若干。其中一本小书《郑振铎杰作选》，蛮有意思。此书为上海万象书店刊行，民国三十六年三月(1947年)再版，“当代创作文库”之一，编选者为巴雷。除郑振铎外，还有鲁迅、巴金、茅盾、老舍、郭沫若、沈从文等十五人。封面刊有作者木刻肖像一帧，书中有郑振铎小传一篇，文字简洁而老辣。小传中说到郑振铎的书法：“他对国学研究甚深。他的书法低劣。写出来的字好像小学生的手迹，所以他作品的原稿，在东一抹西一滩的污垢得很。”看来，小传的作者对他是非常了解的。在小传的最后，给予郑振铎非常高的评价：“‘八一三’战火爆发后，留在沪上而屹然不为所动的只有他一人，他的人格和他的作品同样的刚毅不屈。”

郑振铎是因飞机失事殉难的。那是1958年10月18日，他率中国文化代表团出国访问的途中，飞机失事，终年六十岁。在他生前担任国家文物局局长时，就曾将收购的七百多件汉魏隋唐的陶俑，一次性捐赠给了故宫博物院。他去世后，他的家人将其毕生收藏的近十万册珍贵图书，全部捐给了国家。

理想悲歌

说起叶圣陶先生，心中就会涌动春水般的温暖与亲切。不仅仅是因为我也曾当过老师，也不仅仅因为我也写儿童文学，而是因为叶圣陶先生一辈子为人真诚质朴，温良敦厚。著名诗人臧克家就曾经说过："温、良、恭、俭、让这五个大字是做人的一种美德，我觉得叶老身上兼而有之。"

上一期的书话说到了茅盾，说到了文学研究会。叶圣陶就是文学研究会的发起人之一，而且，是文学研究会在创作上最有成绩的作家。可以这么说，在"五四"时期，除鲁迅之外，叶圣陶应该是最重要的现实主义小说家。他不仅创作了我国第一部童话集《稻草人》(1923年)，而且，还创作了中国现代文学史上第一部长篇小说《倪焕之》(1929年)。现在的读者，知道《稻草人》的也许较多，但是，知道《倪焕之》的就比较稀罕了。《倪焕之》的出版，和茅盾的《子夜》一道，成为中国现代长篇小说的真正开端，而且，被茅盾誉为中国现代文学史上的"扛鼎之作"。

我收藏有开明书店出版的《倪焕之》，民国十九年九月(1930年)初版，民国三十六年四月(1947年)二十版。作者署名“叶绍钧”。书前有夏丏尊做的序言。

这个版本有味道。

一是开明版。叶圣陶与开明书店的渊源深厚，不仅长期在开明当编辑，而且，还主持过开明书店的事务，是开明书店的灵魂。由开明书店推出《倪焕之》，自然是题中之义。

二是署名。“叶绍钧”其实是他的原名。叶圣陶十二岁入苏州公立小学时，请先生章伯寅取一个爱国强国的字。章先生为其取名‘秉臣’，教育他要爱国就得先爱乡土。辛亥革命爆发，苏州光复，叶绍钧找到章伯寅先生说：“清廷覆没了，皇帝打倒了，我不能再作臣了，请先生改一个字。”先生笑了笑说：“你名绍钧，有诗曰‘圣人陶钧万物’，就取‘圣陶’为字吧。”1914年6月10日，叶绍钧在《小说丛报》第二期发表文言小说《玻璃窗内之画像》，署名“圣陶”。后来，又把姓与笔名“圣陶”连了起来，便成为著名的笔名。

《倪焕之》是叶圣陶1928年写的一部长篇小说，连载于当时的《教育杂志》上。小说的主人公倪焕之是个小学教员，是一个有理想、有抱负的青年知识分子，纯洁、天真、爱幻想，但是，很少考虑社会环境与实现理想的现实可能性，是“五四”理想者的典型。辛亥革命失败后，他走入教育界，立志实现两个理想；一是教育救国，其次是寻找一个具有现代意识的理想婚姻伴侣。刚开始，他的理想似乎很顺利，先是遇到了有志于改革教育的小学校长蒋冰如，接着又遇

《倪焕之》书影

到了新派女孩金佩璋，逐渐相爱并结婚。但是不久，他的理想之舟同时遇到了危机："理想教育"遭到来自乡村各个方面的重重阻力，最后不得不妥协；"理想爱情"也因婚后的金佩璋逐渐失去了往日的激情和锐气，和倪焕之的隔膜越来越深。倪焕之长叹："有了一个妻子，但失去了一个恋人，一个同志。"

"五四"运动爆发后，倪焕之思想发生突变。从潜心于教育改革变成投身社会革命。但是，大革命遭到失败，白色恐怖蔓延，倪焕之又一次感到了绝望。最后，由于饮酒过度，而得了绝症。临死时，倪焕之突然觉悟过来，热情地期待与召唤和他"全然两样的人"的出现。他说："成功，不是我们配领的奖品，将来自有与我们全然两样的人，让他们去受领吧"。

理想的张扬与幻灭，是经历过辛亥革命、"五四"运动以及大革命失败的现代作家们几乎都接触过的母题。鲁迅、茅盾、巴金等都用小说描写过倪焕之似的充满"五四"理想的青年知识分子，而用长篇小说来展开那个特殊的时代，塑造形形色色的人物，叶圣陶是第一人。难怪他的老朋友夏丐尊在序言中说："《倪焕之》不但在作者的文艺生活上是划一时代的东西，在国内的文坛上也可以说是可以划一时代的东西。"

叶圣陶当过多年的小学教员。40年代，他曾应某大学聘请，担任教授。那时，他已经盛名满天下，而且在各大书局掌握过文柄。可是在自己的经历栏中，叶先生只写了四个字："小学教师"。在他看来，"小学教师"是一个极其光荣的称号。正因为如此，当他写起小学教师倪焕之，自然是血肉丰满，栩栩如生。叶先生一辈子对教育情有独钟，为中国的教育事业做出了卓越而独特的贡献。有人说，叶圣陶是中国新文学史上最早出现和最有成就的“教育小说家”，《倪焕之》便是最好的文本。他熟悉下层的知识分子，常常毫不留情地暴露旧中国教育的黑暗内幕，把批判的矛头指向整个旧社会。他对下层知识分子贫穷悲苦的生活状况，有着身临其境般的感受和同情；同时，他对这一群体的弱点，也有着严峻的解剖与审视。他现实主义的解剖刀，简约而锋利。

我是在年轻的时候读到《倪焕之》的。我还记得读完后说不出话来的感觉。那个时候，由于读过路遥的《人生》，我常常情不自禁地将倪焕之与路遥笔下的高家林串了起来。我感到倪焕之其实一直没有走远，他的理想，他的抱负，他的纯洁与天真，他的不切实际的幻想，不懂世故的冲闯，乃至由此而产生的失败，幻灭，其实一直附体于一代代的青年身上。撇开小说特定的结局，我们谁不曾倪焕之过？就像一位朋友见到我年轻时候与文友的合影，惊呼道：“天哪！这个小伙子，竟然是你吗？”当然。那个帅气的小伙子，当然是我，也许，是高家林，也许，就是叶绍钧，或者，倪焕之。

拓荒与耕耘

中国的儿童文学，是与“五四”新文化运动同步发生的。“五四”运动一个鲜明的特点，就是将“儿童问题”视为有关民族前途和命运的大问题，以此反对旧思想、旧道德，提倡新思想、新道德。《新青年》杂志曾刊登过征求“儿童问题”和“妇女问题”文章的启事，众所周知，鲁迅先生也曾发出“救救孩子”的呐喊。而周作人、冰心等一大批新文化运动的开拓者，也开始了对于童心的歌颂与呼唤，对于儿童的文学，包括童谣与儿歌的研究与提倡。

叶圣陶先生那时当过小学教员，成天与孩子们在一起，对于为儿童的文学自然有着天然的敏感与热爱。何况，他毕生追求的，就是文学研究会的宗旨：“为人生的艺术”。他曾说过：“为最可宝爱的后来者着想，为将来的世界着想，赶紧创作适合儿童的文艺作品，总该列为重要事件之一。”他是这样说的，也是这样做的。从 1920 年开始，他先后写了许多反映儿童生活的诗歌：《儿和影子》，《两个孩

《古代英雄的石像》封面

《古代英雄的石像》内封

子》,《拜菩萨》,《小鱼》,《成功的喜悦》等。当然，他写的这些诗歌，不仅仅是给孩子看的，也是写给家长们看的，同时，他希望借此引起整个社会对儿童教育问题的重视。

1921 年,郑振铎先生创办了《儿童世界》,这是中国有史以来的第一个儿童刊物。郑振铎邀请叶圣陶为杂志撰稿,于是,在两年的时间内,叶圣陶为《儿童世界》写了二十三篇童话。1923 年 1 月,这些作品结集出版,这便是中国现代童话的开山之作:《稻草人》。鲁迅先生曾高度评价《稻草人》的创作:“叶绍钧的《稻草人》给中国的童话开辟了一条自己的创作的路。”

1931 年，叶圣陶先生又出版了第二本童话集:《古代英雄的石像》。在民国版旧书的收藏界，《古代英雄的石像》最受追捧的版本，便是由丰子恺先生为之设计封面并且插图的“插图本”。

我正好收藏了这样的“插图本”，而且，是“开明书店”版，品相极佳。版权页注明：民国二十年六月初版，民国三十八年七月七版。我收藏的，便是第七版。

丰子恺是浙江人，是叶圣陶的老乡，而且，当过老师，是开明书店的发起人之一。后来，在开明书店当编辑。这些同叶圣陶的经历极其相似。丰子恺多才多艺，不但是著名的美术家，而且，还是著名的作家。丰子恺在浙江读师范的时候，美术教师就是赫赫有名的李叔同先生，即后来出家的弘一法师。丰子恺深受其影响，包括到日本进修美术，也是因为李叔同曾经到过日本学习美术。回国后，丰子恺再执教鞭。教学之余，开始从事英文、日文的翻译工作，同时，开始用毛笔创作简笔漫画。1924 年，朱自清与俞平伯合办一份

《古代英雄的石像》插图

刊物《我们的七月》，向他约稿。丰子恺便画了一幅漫画，题为《人散后，一勾新月天如水》。新颖的构图，与简约的笔墨趣味，引起了郑振铎的注意，他很欣赏丰子恺的“漫画”。那时，郑振铎正在上海办《文学周报》，也开始向丰子恺约稿，并且，以“子恺漫画”的标题，连续刊载丰子恺的画作。于是，丰子恺独特的漫画风行一时。尤其是他设计的书籍封面以及插图，十分受欢迎。

对于叶圣陶的童话，丰子恺一直都很喜欢。他曾将叶圣陶发表在《教育杂志》上的《皇帝的新装》剪下来，反复品读，爱不释手。因此，正如他在《古代英雄的石像》的后记中所说：“圣陶兄来信嘱我为他的童话描些插画。我接信时就感到高兴，因为我对他的童话已有夙缘。”《古代英雄的石像》收有九篇童话，丰子恺则画了二十幅插图，真的是不折不扣的“插图本”。我常常在出差的时候带上此书，不管是在飞机上，还是在高速公路的长旅中，看看叶先生的童话，看看丰先生的插图，便忍不住会心地微笑。旅途的疲乏，顿时冰一般融化；而童话的种子，便在心中悄悄地春草般萌芽了。

叶圣陶与丰子恺最有影响的合作，是《开明国语课本》。1932 年，叶圣陶花了整整一年的时间，一丝不苟地为孩子创作改写了四百多篇课文，写了一部初级小学国语课本。为了让课本更易于被孩子接受，叶圣陶请丰子恺用毛笔把课文手抄一遍，并配上相应的插图，丰子恺欣然答应，同样一丝不苟地工工整整地将全部课文手抄一遍，并且配上插图。这样的课本，自然深受孩子们的喜爱。今天看来，仍然闪耀着爱与人性的光辉。

荷塘背影

想起朱自清先生，就想起他的散文，他的《背影》、《荷塘月色》，以及《桨声灯影里的秦淮河》，还有精致的短章《绿》。这些散文，我不仅当学生的时候就读过，而且，后来当语文教师的时候，也曾反复地教过，有的篇章，或者段落，甚至可以流利地背诵出来，一半是因为喜爱，一半是用来展示教师的才华，以“震慑”学生：

> 曲曲折折的荷塘上面，弥望的是田田的叶子。叶子出水很高，像亭亭的舞女的裙。层层的叶子中间，零星地点缀着些白花，有袅娜地开着的，有羞涩地打着朵儿的；正如一粒粒的明珠，又如碧天里的星星，又如刚出浴的美人。

当然，背的更多的，是先生的《背影》。也许是因为本身是男人的原因，后来又当了父亲，因此，对《背影》便有了一份本能的亲切。在这个世界上，写母亲的文章浩如烟海，当然，那也是应该的，即使用一百个“烟海”，也难以容纳人类对母亲的依恋与热爱；但是，写父亲的文章，便如同寒山瘦石一般稀少。于是，写起父亲，也就省略了刻板的面容，如同中国水墨画留白一样，而用工笔一笔一画地写了父亲臃肿笨拙的背影：

> 我看见他戴着黑布小帽，穿着黑布大马褂，深青布棉袍，蹒跚地走到铁道边，慢慢探下身去……他用双手攀着上面，两脚再向上缩；他肥胖的身子向左微倾，显出努力的样子。这时我看见他的背影，我的眼泪很快流下来了。

我相信，会有很多的读者，读到这里的时候，会想起自己的父亲，以及相似的与父亲告别乃至永诀的情景，会引起强烈的共鸣，“眼泪很快流下来了。”

朱自清先生是江苏省东海县人。因祖父与父亲均定居扬州，所以有时他也自称是扬州人。他是文学研究会的早期会员了。最早是以诗名闻世。1919 年，他加入《新潮》诗社，开始创作新诗，其新诗处女作《睡罢，小小的人》于同年 2 月问世。1922 年，他和俞平伯创办了《诗》月刊，这是中国新诗诞生时期最早的诗刊。1923 年，他又发表了现代文学史上第一首抒情长诗《毁灭》，在当时的诗坛产生了巨大影响。同年，他还发表了《桨声灯影里的秦淮河》，显示出散文创作的才华。1928 年 10 月，开明书店出版了朱自清

《背影》书影

《背影》插图，丰子恺作画，夏丏尊题字，画的是朱自清的女儿，四岁的阿采

先生的第一本散文集《背影》，在文坛引起强烈反响。他的散文，朴实自然，清新洒脱，文笔优美，独树一帜。郁达夫先生说：“朱自清虽则是一个诗人，可是他的散文仍能满贮着那一种诗意。文学研究会的散文作家中，除冰心女士外，文章之美，要算他。”叶圣陶先生在《朱佩弦先生》一文中也评价道：“谈到文体的完美，文字的会写语，朱先生该是首先被提及的。”

我收藏有朱自清先生的这本散文集《背影》，也是珍贵的开明书店版本，民国三十七年三月第十三版，即先生去世前半年所出版。书中收有甲辑十二篇文章，乙辑三篇文章，其中，《旅行杂记》计有三篇游记。书前有其自序，说起他由诗而散文的心路历程：“我是大时代中一名小卒，是个平凡不过的人。才力的单薄是不用说的，所以一向写不出什么好东西。我写过诗，写过小说，写过散文。二十五岁以前，喜欢写诗；近几年诗情枯竭，搁笔已久。”因此，“我所写的大抵还是散文多”。“这本小书里，便是四年来所写的散文”。

《背影》中，除了收录了《背影》以及《荷塘月色》等散文外，还附有一幅照片，以及一幅插图。插图是丰子恺作画，夏丏尊题字的《儿女》，画的是朱自清的女儿，四岁的阿采。这样的插图，便相当的珍贵。丰子恺、夏丏尊是朱自清在浙江上虞春晖中学时的同事。一所中学出了这么多的中国现代文学史上的大师，真的是个传奇。我到上虞讲课的时候，就盼望着去春晖中学瞻仰他们当年的旧址，可惜时间太紧，未能成行。这本书中有几篇文章，如《女人》和《飘雪》，就是朱自清先生在白马湖写下的。

朱自清先生教了一辈子的书，很早就是清华大学的教授。他是著名的诗人、散文家，也是著名的学者。晚年的时候，因为拒食美国的救济奶粉，被毛泽东所称赞，被誉为“民主斗士”。但是，广大的读者印象最深的，仍然是他的“背影”。当他于 1948 年 8 月 13 日去世的时候，一群小学生在报纸上看到这个消息，惊惶地喊道：“老师！作《背影》的朱自清先生昨日死了！”与朱自清先生合作了二十几年的开明书店在挽联中写道：“长向文坛瞻背影”。诗人唐湜写道：“从他身上看到人类的受难里的更深重的知识的受难，他的‘背影’是很长的。”

“背影”，成为朱自清先生的象征。一个纯粹的有气节的知识分子的象征。行笔至此，仿佛又嗅到了那清新的月色与荷香：

> 微风过处，送来缕缕清香，仿佛远处高楼上渺茫的歌声似的。这时候叶子与花也有一丝的颤动，像闪电般，霎时传过荷塘的那边去了。

爱之春水

提起冰心先生，马上就有温暖与亲切的感觉。这样的感觉，不仅我独有，凡是读过冰心作品的读者，心中恐怕都会荡漾起春水，闪烁着繁星。

我曾经亲聆冰心先生的教诲。那是1982年的夏天，《儿童文学》在北京举办全国儿童文学讲习班，刚发表了第一篇儿童文学作品的我，有幸赴京学习。冰心先生便是我们的老师。我还记得，我们是到她的家里去上课的。就在她家的大门口，我们围坐在她的身边，听她谈心。那天上午，阳光很好。她鼓励我们要耐得住寂寞，要坐得冷板凳，要学会“冷茶泡水慢慢浓”。冰心先生的微笑，以及她的教诲，我记了一辈子。

温婉娴静的冰心，与大海有着不解之缘。先生原名谢婉莹，冰心为笔名，取“一片冰心在玉壶”之意。父亲谢葆璋，清朝海军军官，曾参加过甲午海战，后在烟台创办海军学校，并出任校长。冰心的少年时代，是在海浪、舰甲、

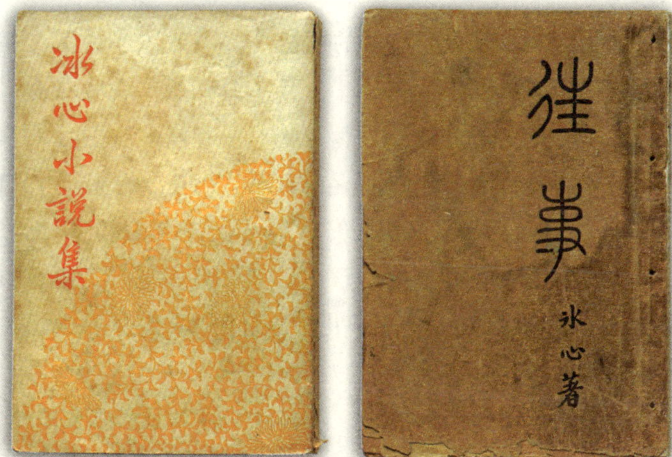

《冰心小说集》、《往事》书影

军营中度过的，谁也想不到，少女冰心曾经着男装，练习骑马、射击，英气勃发：

> 她男装到了十岁。十岁以前，她父亲常常带她去参入那军人娱乐的宴会，朋友们一见都夸奖说：“好英武的一个小军人！今年几岁了?”父亲先一面答应着，临走时才微笑说：“他是我的儿子，但也是我的女儿。”

这是冰心在散文《梦》中的回忆。《梦》收入小说散文集《往事》一书，开明书店民国十九年一月初版。我收藏有该书民国二十九年三月的十一版。此书留有许多收藏者的痕迹：最先的购买者，英文署名 Lan Sai Yang，购买于 1941 年 7 月 19 日。后来，又成为“广州鲁迅纪念馆资料室”的藏书，扉页上盖有资料室的印章。后来，流入香港，版权页上贴有一枚“便宜书店”的印花，地址是“香港皇后大道中六十一号 A”。再后来，就成为我的藏书。

冰心从小随父亲到上海，住烟台，后来回到故乡福州，住在祖父家。那是一个大宅院，原来是黄花岗七十二烈士之一的林觉民家的住宅。林觉民，就是写下千古情书《与妻书》的烈士。1911 年，林觉民从日本回国参加广州起义，临行前回家探望了父母和妻子陈意映。当时陈意映已经怀孕。林觉民在去广州的路上，深夜里在手帕上写下了《与妻书》。林觉民受伤被俘，时任两广总督的张鸣岐和水师提督李准会审林觉民。林觉民不会说广东话，就用英语回答问题，慷慨陈词，满庭震动。两广总督张鸣岐叹道：“惜哉，

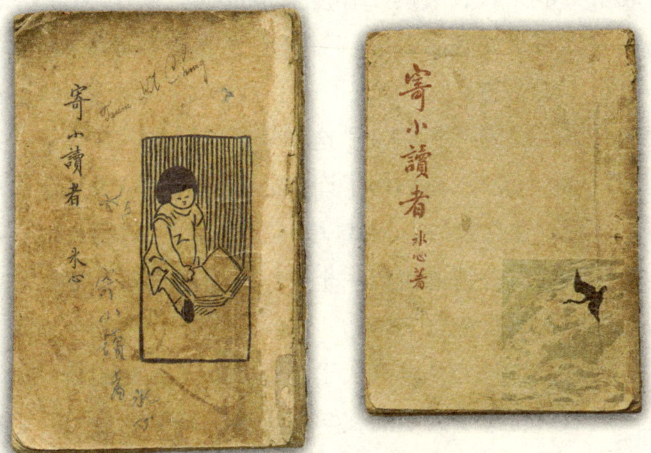

《寄小读者》不同版本

林觉民！面貌如玉，肝肠如铁，心地光明如雪”。林觉民就义时，年仅二十四岁。家人为了避难，把祖宅卖给了冰心的祖父。冰心后来曾在《我的故乡》中追忆过这个故居。

林觉民有个堂兄，叫林长民，他的女儿，就是民国才女林徽因，也曾在这个院子里生活过。一座大宅院出了这么多的名人，也是一桩奇事。

“五四”运动爆发时，冰心正在北京上大学，积极投入了北京女学界联合会的工作。被推选为大学学生会文书。1919 年 8 月，她在著名的《晨报》上发表第一篇散文《二十一日听审的感想》，又发表了第一篇小说《两个家庭》，小说署名第一次使用了“冰心”这个笔名。后来，她写了一系列的“问题小说”，还创作了许多晶莹清丽、轻柔隽逸的小诗，这些诗歌后来结集为《繁星》与《春水》，风行一时，被称为“春水体”。冰心也以一个青年学生的身份，加入了当时著名的文学研究会。

1923 年，冰心从燕京大学毕业，以优异的成绩取得了美国威尔斯利女子大学的奖学金。出国留学前后，开始在北京《晨报》副刊上陆续发表总名为《寄小读者》的通讯散文，报道自己在赴美途中，以及身居异乡时的生活感受，抒发对自然的热爱，对母亲的依恋，对童年时代的追怀，蕴含着她思念祖国的深情厚意。这些充满爱与童心的散文，成为中国儿童文学的奠基之作：

> 仿佛中谈起爱海来，华问我为何爱海？如何爱海？——我渐渐的觉得快乐充溢，怡然的笑了。并非

喜欢这问题，是喜欢我这时心身上直接自海得来的感觉，我笑说：“爱海”！

冰心不仅爱海，而且，还爱上了一个年轻的同行者。在去美国的杰克逊总统号邮轮上，冰心与吴文藻相识，然后相爱，最后成为夫妻，一辈子相依相守。

我收藏有冰心先生最著名的作品：《寄小读者》。其一，是《寄小读者》的第四版，封面上，一个可爱的短发女孩子，正坐着看书，一看便是丰子恺先生的手笔。书中，有冰心的“四版自序”：

假如文学的创作，是由于不可遏抑的灵感，则我的作品之中，只有这一本是最自由，最不思索的了。

该书收有“通讯”二十七篇，“山中杂记”十篇，疑是北新书局版。

还有一个版本，是开明书店版，民国二十二年五月初版，民国三十七年七月七版。该书收有“通讯”二十九篇，以及“山中杂记”。封面上，书名为红色楷书，右下角，在大海的波涛上，飞翔着一只黑色的大鸟。

我突然想起前年的秋天，冰心诞辰一百一十周年之际，海内外华文儿童文学作家齐聚西子湖畔，总结冰心先生杰出的文学成就，纪念冰心文学奖创办二十一周年。开幕式上，一群孩子们齐声朗诵冰心先生的诗句：

"人类啊！相爱吧，我们都是长行的旅客，向着同一的归宿……"

我想，那只飞翔在大海的波涛之上的大鸟，是载满爱的杰克逊总统号邮轮吗？

归雁漂泊

北京潘家园的旧书地摊有时是可以淘到一些好书的。难得的是在天黑即将收摊的时候，还能淘到心仪的旧书。

那天似乎黑得很早。赶到潘家园的时候，不少地摊主已经开始收摊了。我飞快地一路扫射，掠过那些崭新的滞销书，像鹰一样专看有没有破旧的书。就在我几乎失望的时候，在旧书巷子最后的角落里，我看到了寂寞孤独的庐隐。

当然，我说的是《庐隐选集》。上海万象书屋推出的“现代创作文库”第十辑。民国二十五年四月(1936年)的初版本。品相居然还不错。编选者是徐沉泗与叶忘忧。按照“现代创作文库”的编选体例，选集前，收有一篇被选作家的创作论。《庐隐论》的作者，署名“未明”，我知道，“未明”其实就是茅盾。

现在的读者，对于庐隐，肯定是陌生的了。除非是喜爱现代文学的，或者是大学中文系的学生，也许会知道，庐隐当年可是与冰心齐名的著名女作家。2003 年，美国哥伦比亚大学出版的《女作家在现代中国》一书中，将她与萧红、苏雪林和石评梅等人并列为十八个重要的现代中国女作家之一。当然，更重要的是，庐隐也是文学研究会的会员，而且，参加了文学研究会在北京中央公园来今雨轩召开的成立会，她的入会号数为“13”，可见，她是文学研究会最早的成员之一。与庐隐同一天到来雨轩参加文学研究会的，还有一位男作家郭梦良，他们都是当时的一个秘密团体的同志。那时的庐隐倾向于社会主义。他们两人相爱了，而郭梦良则是有妇之夫。

庐隐曾说过，自己将抱有独身主义，但爱情的烈火焚烧了所有的“主义”。1923 年的夏天，她不顾家庭、朋友以及和强烈的社会舆论的反对，与郭梦良在上海的一品香旅社举行了婚礼。为她辩护的，只有同学和好友苏雪林，这位女作家说：“不应当拿平凡的尺，衡量一个不平凡的文学家。”

中国女作家的悲剧，常常是浪漫爱情的婚后。浪漫的爱情是一回事，但是，平凡庸常乃至琐碎的生活，常常与少女的浪漫理想完全相反。何况，郭梦良还有一个家，而且，患有肠胃病。1925 年 7 月，庐隐出版了第一个短篇小说集《海滨故人》之后不久，不幸突然袭来：丈夫郭梦良病逝。按照中国的传统，庐隐带着女儿，忍着痛苦，送郭梦良的灵柩回乡安葬。他们都是福建人，庐隐就这样回到了故乡，在福州女子师范任教，但是，居住在郭家。在社会上，庐隐是享受盛名的著名作家，大学教授；可是，在封

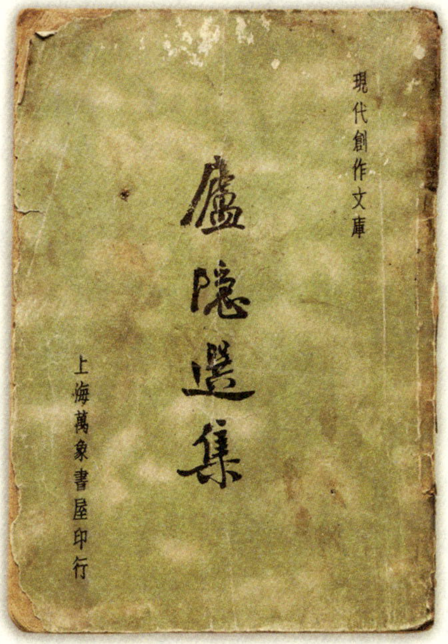

《庐隐选集》书影

建家族里，你就是妾，就是地位低下的小老婆。郭的前妻对她并不坏，只是婆婆太刻薄，处处刁难，经常迫害，连晚上点煤油灯都要遭到婆婆的恶骂。庐隐实在无法忍受，便带着孩子，从福建漂泊到了上海。她的小说《海滨故人》，以及一些散文，均收录在《庐隐选集》中。

人们常说，性格决定命运，此话用于庐隐，大约是不错的。1928 年，一位青年诗人李唯建向她走来。庐隐又一次狂热地恋爱了。李唯建比她小九岁，是清华大学的学生。但在庐隐的眼里，这一切都不是障碍。爱情的火焰又一次熊熊燃烧，她觉得“宇宙从此绝不再暗淡了”，“前面有一盏光明的灯，前面有一杯幸福的美酒，还有许多青葱的茂林满溢着我们生命的露滴”。1930 年秋，她又不顾一切，宣布与李唯建结婚。然后，东渡日本，寄居东京郊外，重新建造生命：“从前我是决意把自己变成一股静波一直向死的渊里流去。而现在我觉得这是太愚笨的勾当。这一池死水，我要把它变活，兴风作浪。”

为爱情不顾一切的庐隐，其实是收获过爱情的幸福的，虽然只是那么的短暂。在东京，她与李唯建过着神仙眷侣的生活，二人的通信集《云欧情书集》也在 1931 年出版。应该说，婚后的四年，庐隐的婚姻生活是幸福的。是她难得的短暂的幸福。但是，老天爷对她似乎太残酷了，1934 年 5 月，庐隐因难产手术而死。据苏雪林回忆，庐隐生活拮据，“为节省费用没有进医院，仅以十数元代价雇一助产士来家伺候，以手术欠佳，流血不止，送入医院，终于不救”。她的病房，是上海大华医院十四号病室，也是一个不祥的数字。她离开这个世界的时间，是晚上 11 点 20 分，长夜正黑。这个叫黄英的女作家，在这个世界上只行走了三十六年。

“女人横在血光中，用肉体来浸着血。”这是另一个女作家萧红在《生死场》中描绘的生死交织的分娩场景。我不知道庐隐的难产而死是否影响过萧红，乃至在一部小说中，一口气写下四个女性怀孕临盆难产的故事。当然。萧红个人的生命体验中，两度怀孕，两度被弃，两度产子，两度弃子，这些女性的母性的创伤，绝对是一个女作家挥之不去、难以言表的记忆。当然，萧红的死，不是难产，但是也与流产有关。萧红只活了三十一岁，庐隐活了三十六岁。“那一只受了伤的归雁，仍然负着更深的悲哀重新去飘泊了。”

金秋菊香

说起老舍先生，我有一种天生的亲切感。

老舍先生的作品，大多写的是老北京，老北京的胡同，老北京的市民，老北京的风俗。那些个胡同，胡同里的人物，包括骆驼祥子，与武汉的老巷子、老里份，十分的相像。而我，就出生在汉口最古老的长堤街与汉正街之间，那些青石板铺就的长街，那些不时响起悠长的叫卖声的小巷，江南烟雨中，那些扎着麻花辫子的卖花姑娘，用脆脆的乡音叫卖着栀子花和茉莉花，都存留在我的童年记忆之中。因此，老舍先生用纯正的北京话写就的胡同里的小人物的命运，一个个就像是我的街坊和邻居，读来感到十分的亲切。

后来，我当了中学语文老师，教过《在烈日与暴雨下》。这篇课文，是从老舍先生的《骆驼祥子》中节选的。我喜欢在课堂上朗诵这篇课文。读着读着，便突然地哽咽，甚至泪流满面。我想起了我的童年，想起了读小学的时候，每

《猫城记》书影

逢放学、星期天，尤其是暑假，就到长江边的码头上去拉板车。那时候的沿江大道，同样是“天热得发了狂。太阳刚一出来，地上已经像下了火”，同样是“整个老城像烧透了的砖窑，使人喘不过气来”。我也曾像骆驼祥子一样，在烈日与暴雨下劳作。那样的生命体验，是一辈子也不能忘记的。

老舍先生就这样亲切地走进了我的生命之中。

老舍先生的作品，我收藏的还不少呢。当然，没有什么好的或者更早的版本。我随手从书柜中拿出的，有《猫城记》，四合出版社一九三五年七月初版。书的封面很独特，一幅黑白的木刻画，一个前倾着的青年，面对着一座城池，一个大大的黑猫。《猫城记》是老舍先生1932年写就的。在老舍先生的作品中，这是个很独特的寓言式的长篇讽刺小说。“我”是一个飞机失事的幸存者，被一群长着猫脸的外星人带到了他们的猫城。这些半人半兽的猫人，拥有两万多年的文明，可在近五百年中，猫人一直在自相残杀，一致对内，导致了文明的退化。“我”在猫城亲眼目睹了一场猫人与矮子兵的战争，结果，猫城全城覆没。

这部写于抗日战争之前的小说，充满了作家对国家命运的忧患意识。腐败的猫国，是当时中国之象征；而矮子兵，显然指的是日寇。那时，老舍先生刚刚回国，对国内国共两党的政治斗争了解不深，因此，在讽刺猫国的政党斗争时，把政党斗争都称为“哄”，也讽刺了当年的青年学生信仰“大家夫斯基”，信仰“马祖大仙”。因此，此书后来在老舍先生的作品中，很少被提及。虽

《过新年》、《离婚》、《月牙集》书影

然夏志清认为："此书成为中国作家对本国社会最无情的批评。"

但是，老舍的文笔不仅仅只是讽刺，更有对城市底层老百姓命运的同情。并以此作为主要描写对象。《月牙儿》叙述母女两代沦为暗娼，《我这一辈子》诉说下级警察的坎坷经历。他从三十年代初起，开始写作短篇小说，我收藏有老舍先生的短篇小说集《月牙儿》，晨光出版公司一九四八年九月初版。我收藏的是一九五二年八月第五版，系"晨光文学丛书"，该书收录了老舍先生的五个短篇小说，《月牙儿》、《我这一辈子》都在书中。

抗战爆发后，老舍先生只身奔赴武汉，参加中华全国文艺界抗敌协会，出任总务部主任。战争初起，他热情提倡通俗文艺，写作宣传抗日的鼓词、相声、坠子等，供艺人演唱。随后，转向直接向群众宣传的话剧创作，连续写了《残雾》等十余个剧本，我收藏有《老舍戏剧集》，晨光出版公司 1948 年 12 月初版。该书收录了老舍的四部剧本：《残雾》、《面子问题》、《忠烈图》、《王家镇》。这些剧本，颂扬民族正气，表彰爱国志士，批判不利于团结抗日的社会弊端，表达了先生高亢的爱国激情。

新中国成立后，老舍先生满怀热情，从美国返回北京。那时，新政权文艺方面的重要位置早已分配完毕，只能给老舍一个北京市人民政府委员的名义。但老舍毫不在意位置的大小，而是全身心地投入。他觉得政府就应该为穷人办事，一开会，就反映老百姓的呼声：哪个胡同灯坏了，哪个胡同下水道堵了，什么地方房屋又漏雨了，非常的认真。

新社会的新气象使老舍先生极为振奋，他开始用剧本的形式歌颂新中国天翻地覆的变化，积极配合各项政治运动。1951 年初创作的话剧《龙须沟》上演，获得巨大成功，他因此获得“人民艺术家”的荣誉称号。我收藏有《龙须沟》，三幕剧，人民文学出版社 1953 年 6 月初版。《春华秋实》，人民文学出版社 1953 年 8 月初版，这是一部反映新中国成立后开展“五反”运动的三幕剧。《西望长安》，四幕话剧，作家出版社 1956 年 3 月初版。当沈从文等从文坛上淡出并被遗忘的时候，老舍先生歌颂与配合的声音，是真诚而嘹亮的。他甚至突发奇想，觉得骆驼祥子也可以参加革命，写已是解放军司令员的祥子潜入北京，发动车夫迎接解放。幸好后来大家一算年龄，觉得祥子的岁数不太合适，最后就不了了之，饶了祥子这一回。

但是，就是这样一个积极主动歌颂与配合的人民艺术家，在“文化大革命”开始后，不堪凌辱，投湖自尽。

1978 年初，老舍得到平反。他的象征性的骨灰盒里面，放着曾经使用过的钢笔、毛笔、眼镜、一筒茉莉花茶，以及一小片受难时的血衣残片，那是老舍在北京孔庙遭毒打后留下的遗物，家人保存了三十九年。最后，亲人们往骨灰盒里撒入干菊花。

此刻，又是清秋。深夜，翻阅着老舍先生的这些著作，我仿佛闻到了菊花的清香。

巴金之夏

一

2013年的夏天好难熬。高温已经持续很长时间了，但是，仍然没有一点减缓的迹象。气象台发布了红色高温警报，上海、杭州等地的高温已经达到四十度，而且还要突破。网上的新闻中，也不断传来上海中暑死人、湖南鸡蛋孵出小鸡，以及湖北黄石的网友的“烤羊肉”实验：将羊肉摊在阳光下，不一会儿，羊肉就烤好了，撒上孜然，就可以吃啦。

也许是热得发了昏，今天，为了写“白壁斋书话”，顺手从书柜里拿出的第一本书，是巴金先生的小说《雾》。在“前言”中，巴金先生提到了上海的闷热：“公寓里很是闷热，夜晚也不退凉。深夜一二时，还可以听见无线电台播送的歌曲和弹词。这几夜，我常常捧着‘爱情三部曲’，工作到两三点钟。有时，就在躺椅上迷糊地睡着了。”

巴金先生写作“前言”的时间，是1938年7月9日。日军占领上海刚好大半年，上海的夏天，想必闷热。巴金先

《雾》书影

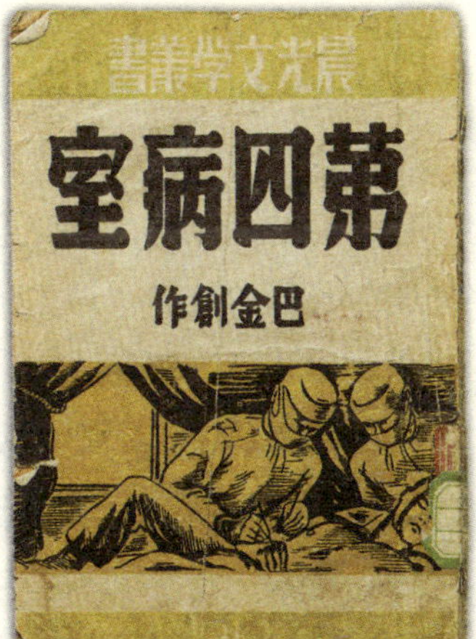

《第四病室》书影

生就在这样的夏夜，校订他的“爱情三部曲”。

巴金最著名的作品，就是几个“三部曲”。大家熟知的《家》、《春》、《秋》，叫“激流三部曲”；另外三部长篇小说《雾》、《雨》、《电》，则称“爱情三部曲”。我收藏的《雾》，系开明书店出版，一九三八年总初版，一九四四年三月分初版。我收藏的这个版本，是一九五一年的第七版。但是，却是粗糙的草纸印刷，极像抗战期间大后方的草纸书籍。但是，我仍然能清晰地看到写于 1938 年夏夜的“前言”。在那个闷热的夏夜里，巴金最后写道：“我永不能忘记的是这样两句话：‘我不怕，我有信仰’。”

无独有偶。我收藏的巴金先生的另外一部著作《新生》，也与闷热的夏夜有关。

众所周知，巴金原名李尧棠，字芾甘，其原名和字，均源于《诗经·国风》中《召南·甘棠》的首句：“蔽芾甘棠”。而“巴金”这一笔名，则源自他在留学法国时认识的一位同学巴恩波，以及这位同学自杀身亡时，巴金所翻译的克鲁泡特金的著作。为了不能忘却的纪念，他把这二人的名字各取一字，成为了他的笔名。过去曾经有过这样的说法，说“巴”是指俄国无政府主义者巴枯宁，其实是误传。

法国留学，是巴金文学生涯的重要起点。就是在法国，他读了左拉的《卢贡·马加尔家族》这套连续性小说后，也曾设想尝试写成五部连续性的小说，甚至连书名也已拟好：《春梦》、《一生》、《灭亡》、《新生》、《黎明》。于是，从 1930 年的年底起，巴金开始动笔创作构思已久的中篇小说《新生》。到了 1931 年的 8 月，小说写好了，9 月间，他托

《小人小事》、《新生》、《砂丁》书影

朋友索非送到了《小说月报》社，郑振铎看了，决定从1932年的1月号起，在《小说月报》连载《新生》。巴金本人也看到了这一期杂志的“目录预告”。但是，没有想到的事情发生了。日本强盗的炮弹，将《新生》一下子扼杀在摇篮里。“一·二八”事变，日寇的炮火将闸北商务印书馆的厂房炸毁得一干二净，连同它所属的小说月报社和印刷厂，全给炸毁了。在滚滚的浓烟中，无数纸灰飞满闸北的天空。《新生》这部作品，从原稿、校样直到刚印成的杂志，全部化成灰烬。

侵略者的炸弹可以炸毁厂房，炸毁城市，但是，却炸毁不了一位爱国作家的意志。正当大家为《新生》而惋惜时，巴金说，我的精力是侵略者的炸弹毁灭不了的，我要把《新生》重写出来。

1932年，又是7月，又是盛夏。巴金的房间闷热如同蒸笼。从白天到深夜，他一动不动地伏案写作，有时饭也忘了吃。就这样，他只花了两个多星期的工夫，一口气写完这部十万字的小说，第二次写完了《新生》，建起了一座侵略者的炸弹所不能毁灭的、将要永久存在下去的“纪念碑”。在这本书的结尾，巴金借用《圣经·约翰福音》中的一句话，道出了“新生”的主题：“一粒麦子不落在地里死了，仍旧是一粒；若是落在地里，就结出许多子粒来。”

我收藏的这本《新生》，亦是开明书店出版。民国二十二年九月初版，民国二十七年九月七版。民国二十七年，即1938年，正是巴金在闷热中校订《雾》的时候。不知道那个时候的上海，会热成什么样子？

对于巴金来说，《新生》的被毁与重新写作是刻骨铭心的。巴金自己在另外一部小说《砂丁》的序言中曾经提及过："在写了这部小说后，我游历归来，又开始写那题作《新生》的长篇，那小说，我曾经写过一次，但后来在日军的爆炸机的投弹下面消灭了。我如今重写了它，而且把它结束在那么显明的一个希望里。"这篇序言，写于1932年的9月，那时，巴金正在青岛。看来，《砂丁》又是一部产生于"闷热"之中的小说。

巴金写作《砂丁》，源于一个青年朋友黄子方给他讲述的云南个旧锡矿工人的悲惨生活。尽管巴金没有到过个旧，没有直接的生活经验，但是，巴金仍然在这部小说里表达了强烈的爱与憎。他说，这部小说中，"有我的同情，我的眼泪，我的悲哀，我的愤怒，我的绝望"以及"掩藏在绝望和忧郁下面的光明与希望"，"逼着我拿起笔，替那般'现代的奴隶'喊冤"。

我刚好收藏有《砂丁》，文化生活出版社出版，民国三十五年十一月(1946年)七版，该书系巴金主编的"文学丛书"第五集。在那个炎热的夏天，巴金也许没有预料到，自己的生命，会与遥远的云南发生不可分割的联系。正是在云南，他收获了最珍贵的爱情。那个十九岁就给他写信的高中女生陈蕴珍，那时正在西南联合大学读书。于是，巴金便经常去昆明，开始了战火中的爱情。直到1944年，两人在贵阳旅行结婚。有意思的是，结婚的时候，巴金正住在为其出版《砂丁》的文化生活出版社。此外，陈蕴珍的笔名叫"萧珊"，"萧珊"者，"小三"之谐音也。陈蕴珍在西南联大外语系学习时，在几位闺蜜中，年龄排第三，同学们昵称其“小三”，后来，她写文章时，干脆取“小三”之谐音“萧珊”作为笔名。我突然想起来，沈从文先生的夫人张兆和，小名也叫“三三”。这些浪漫而高贵的小名，与今天所谓的“小三”，真的是云泥之别了。

那一年，新郎巴金四十岁，新娘萧珊二十七岁。

第二年，也是闷热的夏天。抗战终于胜利了。

至于后来的夏天，上海会热成什么样子，巴金没有想到，萧珊也没有想到。

雷 雨 终 生

读中文系的时候，就知道现代文学的顺口溜："郭鲁茅，巴老曹"：郭沫若，鲁迅，茅盾，巴金，老舍，曹禺。我不知道这个顺口溜是谁编的，但有一点可以肯定，绝对是20世纪50年代的产物。

不管怎么说，曹禺的文学史地位，至今仍然是无可置疑的。也许，因为他是湖北人，我的老乡，说起他，便会有亲切而疼痛的感觉。

曹禺出生在天津，但祖籍是湖北潜江。我第一次去潜江，最难忘的是早点，不仅是锅盔夹油条和火烧馍，而且是早点摊的方木桌上，几十碗各种各样的咸菜，可以随意吃。我不知道曹禺吃过潜江的早点没有，但是，家乡对他，是颇为自豪的。

曹禺的父亲叫万德尊，却给儿子起名叫万家宝。德尊先生曾留学日本，与阎锡山同窗，辛亥革命前任黎元洪秘书。曹禺从小喜欢文学戏剧，在南开中学读书时，就加入过文学会和南开新剧团，周恩来曾是新剧团的活跃分子。1930年，曹禺转入清华大学，插入西洋文学系二年级就读，课余常常与巴金、靳以去看京剧。年底，与钱锺书等人一起成为《清华周刊》的编辑。1933年，二十三岁的曹禺开始写作构思了长达五年的剧本《雷雨》。潜心写作半年，五易其稿。初稿完成后，曹禺将剧本交给了同窗好友靳以。那时，靳以与巴金正在《文学季刊》当编辑，靳以为人正直，觉得曹禺是其好友，不好意思向主编推荐。一直到1934年的7月，靳以与巴金谈论组稿工作，说起注意文坛新人，靳以便将曹禺的《雷雨》交给巴金。巴金当晚读完，立即将剧本推荐给主编郑振铎，于是，《雷雨》发表于当年《文学季刊》的第三期，很快就由中华同学新剧公演会在日本东京上演，东京神田一桥教育馆发行了《雷雨》的日译本，一下成为畅销书。正在东京的郭沫若观看了《雷雨》的演出后，大加赞赏，亲自为《雷雨》的日译本作序。鲁迅看了日译《雷雨》的剧本，也很兴奋，对美国记者斯诺说起中国最好的戏剧家，也提到了曹禺。《雷雨》在国内的首演，是1934年的8月17日，由天津市立师范学校孤松剧团作国内首次公演，立即引起轰动，评论家李健吾称赞《雷雨》是"一出动人的戏，一部具有伟大性质的长剧"。二十四岁的曹禺，一时名满天下。

巴金先生主持的上海文化生活出版社曾经出版过一套"曹禺戏剧集"，前前后后共推出八种，封面的装帧却是一致的。多年来，我收藏到一至五种，且是不同时期、不同地点淘到的。

《雷雨》书影

第一种当然是《雷雨》，初版于1936年1月；我收藏的是1953年9月的第二十六版。第二种，是《日出》，初版于1936年11月，我收藏的是1953年5月的第二十六版。第三种，是《原野》，没有版权页，但估计是民国的版本。第四种，是《北京人》，初版于1936年1月，我收藏的是民国三十二年十月即1943年的八版。第五种，是《家》，民国三十一年十二月初版，我淘到的是民国三十六年即1947年的第九版。

《雷雨》初版时，巴金特地印了一册精装本，也是《雷雨》的唯一的一本精装本。封面上镌刻有曹禺亲笔书写的烫金的手迹：给颖如家宝。颖如，即曹禺的第一位夫人郑秀，是清华大学比他低两届读法律的女同学，南京中央监察院高官郑烈的大小姐。1933年6月初，清华放暑假。曹禺与郑秀两人整天在清华园图书馆的西洋文学系阅览大厅东北一隅，相对而坐，曹禺埋头创作剧本《雷雨》，郑秀则用工整娟秀的字迹誊写。因此，郑秀是《雷雨》的第一位忠实读者，他俩也在夏日的“雷雨”中陷入热恋。两人于1936年在南京订婚。1937年8月，日寇大肆轰炸上海、南京，国立戏剧学校内迁长沙。曹禺和郑秀从武汉赶到长沙，举行了正式婚礼。

到了《北京人》出版的时候，初版的扉页上出现了“海内存知己，天涯若比邻”的题记。这个特殊的题记，是曹禺题给剧中处在婚外恋中的主人公曾文清和愫方的。同时，也是题给婚外恋人方瑞的。方瑞出生书香门第，大家闺秀，是清代著名书法艺术家邓石如和桐城派古文家方苞的后代。

《北京人》、《雷雨》、《日出》、《家》、《原野》书影

温婉文雅，天资聪颖，典型的东方美女。曹禺创作《北京人》的时候，便是想着方瑞来写愫方的。

曹禺与方瑞的婚外恋持续了十年。郑秀其实已与曹禺分居，独自带着两个女儿生活。中华人民共和国成立前夕，国民党撤退到台湾，父亲郑烈要郑秀一起走，郑秀说，曹禺不离开大陆，她也不走。郑秀的坚持没能挽回婚姻，却与老父亲从此诀别。1950 年，郑秀同意与曹禺协议离婚，成全了曹禺与方瑞。

1966 年，“文革”爆发，曹禺被勒令每天早晨打扫北京人艺宿舍史家胡同。冬天清晨，寒风刺骨，他发现有人在不远处默默陪伴自己。不久，他终于看清，那人正是前妻郑秀。

“太阳升起来了，黑暗留在后面。但太阳不是我们的，我们要睡了。”1989 年 8 月，郑秀病逝。曹禺因病未去吊唁，送了一只花篮，放在郑秀灵前。

寂寞女神

郁达夫与郭沫若都是创造社的发起人。而创造社是“五四”新文化运动初期最有名的文学社团之一，1921 年 7 月在日本东京成立，成员有郭沫若、郁达夫、成仿吾、张资平、田汉、郑伯奇等人。其中，影响最大的，当然是郭沫若。

郭沫若的代表作，当然是新诗集《女神》。

《女神》收入了郭沫若 1919 年到 1921 年之间的主要诗作。连同序诗共五十七篇，大多数为郭沫若留学日本时所作。其中的代表诗篇，有《凤凰涅槃》、《女神之再生》、《炉中煤》、《日出》、《地球，我的母亲!》、《立在地球边上放号》等。我还记得，我读小学四年级的时候，我的哥哥董宏筹正在北京工作，知道我喜欢诗歌，便给我寄来了郭沫若的诗集《女神》。同时寄来的，还有《儿童文学》杂志。这两本书籍，都深刻地影响了我的一生。我所喜欢的，正是《女神》中雄浑奔放的自由诗体，在诗歌形式上，《女神》突破了旧格套的束缚，为“五四”以后自由诗的发展开拓了新的天地，成为我国新诗的奠基之作。我还喜欢他的《炉中煤》，一首饱含“眷恋祖国情绪”的抒情诗：

啊，我年青的女郎！
我不辜负你的殷勤
你也不要辜负了我的思量。
我为我心爱的人儿
燃到了这般模样。

诗人把自己比作熊熊燃烧的“炉中煤”，又把祖国比作心爱的“年青的女郎”。把“祖国”比作“女郎”，当然是吸取了中国古典诗歌的精华，譬如屈原《离骚》中美人香草之喻，使其诗的意境甘美浓郁，同时，节奏鲜明，音韵和谐，循环往复，以奔放热烈的情绪，深深地表达了对祖国的眷恋之情。

我收藏的《女神》，是人民文学出版社 1953 年 4 月的初版本。在我的旧书收藏中，除了鲁迅，收藏最多的，就是郭沫若的作品了。其中有几个特别一点的版本，今说与书友分享。

一是《橄榄》，小说散文集。上海现代书局 1930 年 5 月 1 日四版。这是郭沫若从日本回国以前所写的小说以及散文的结集。在其自传《创造社十年续编》中，郭沫若讲到 1924 年秋，带着家眷一起前往佐贺县北山的熊川温泉和古汤温泉。关于这个期间的小说创作，他的感触颇多：“这六七个月间要算是我最多产的一段时期……写了《橄榄》中除

《郭沫若选集》、《李白与杜甫》、《橄榄》书影

掉《歧路三部曲》的全部。当时的生活记录大体就留在了《橄榄》里面。”

郭沫若带着妻子安娜以及几个孩子到温泉去居住，皆因生活所迫。1916年，在日本留学的郭沫若与佐藤富子同居，佐藤富子为此还断绝了与父母的关系，郭沫若为其取名“安娜”。到了1924年，他们已经有了三个儿子，为了一家五口的生活，郭沫若已经没有心情写诗，不得不通过写小说来赚钱，养家糊口了。因此，《橄榄》里所收的小说，均是他真实的人生写照，其对人生况味的品尝与思索，与其晚年粗糙的政治性颂歌相比，简直是天壤之别。因此，沈从文在《论郭沫若》一文中曾说：“《橄榄》一集，据说是郭全集代表，好的，也正是那与诗的方法相近的几篇。”

郭沫若一回国，其人生便发生戏剧性的狂飙巨变。1927年，投笔从戎，就任北伐军总政治部副主任。蒋介石着手清党，郭沫若在朱德的家里，写下了轰动一时的声讨蒋介石的檄文《请看今日之蒋介石》，指出“蒋介石是流氓地痞、土豪劣绅、贪官污吏、卖国军阀、所有一切反动派——反革命势力的中心力量”，随后参加了“八一”南昌起义，加入中国共产党。蒋旋即通缉郭沫若，1928年2月，郭又逃到日本避难。1937年，全面抗战爆发，郭沫若回国，前往南京拜谒蒋介石，然后发表了一篇《蒋委员长会见记》。之后，担任国民政府军委会政治部第三厅厅长，组织了声势浩大的武汉抗战文化运动。他本人也创作了大量话剧剧本，鼓舞民心士气，包括《屈原》、《虎符》、《棠棣之花》等六出历史悲剧作品，其中，以《屈原》最受欢迎。

《屈原》、《女神》书影

我藏有一本抗战期间群益出版社的郭沫若的著作《波》，1945 年 9 月，重庆初版，装帧曹筠。郭沫若文集之九，却是薄薄的一本土纸本，足见当时的纸张困难。群益出版社是郭沫若和夫人于立群参与集资，于 1942 年 8 月在重庆开办。首任经理郭培谦，字宗益，是郭沫若的侄子。社名“群益”，便是从于立群、郭宗益的名字中各取一字集拢而成，意在服务于人民大众。郭沫若后来还被推举为董事长。有意思的是，中共南方局将一笔党的经费以个人形式入股，陆续派了地下党员进入出版社主持业务工作。郭沫若的许多著作，均由群益出版。同时，群益还出版了阳翰笙等其他许多进步作家的著译作品。郭沫若当董事长，恐怕稀见，此抗战版本便觉珍贵也。

我对《波》的亲切，自然是因为它一开头就提到了武汉：

> “一九三八年十月二十二日，武汉准备撤退前的第二天，有好几艘疏散市民的轮船，都在这天的清早，先后离开了码头向上游驶去。”

武汉对于四川人郭沫若来说，并不陌生。现在武汉保存的郭沫若故居，正是郭沫若 1938 年居住过的武汉大学珞珈山上的老别墅。

1938 年，武汉成为全国抗战中心，武汉大学于该年 4 月西迁，现在这片山上的老别墅，即当年的十八栋，成为国民政府军委军官训练团的官邸。当时任第三厅厅长的郭沫若便临时居住在张有桐教授的住房里。当时，周恩来也居住在此，郭沫若的回忆中也有记述：“周公和邓大姐也住到靠近山顶的一栋，在我们的直上一层，上去的路正打从我们的书房窗下经过。”现在，这条石阶小路完整保存，武大把它叫做周恩来小路。

郭沫若在武汉大学仅仅住了四个月，但武大的优美景色、还有周围的邻居，给郭沫若留下了一生中居所最为满意的回忆：“有这样的湖景，有这样的好邻居，我生平寄迹过的地方不少，总要以这儿为最接近理想了。”

好多年没有去过珞珈山上的老十八栋了。不知道山上的那些别墅，那些故居，那条小路，还有人惦记它们的寂寞吗？

归去来兮

应该承认，我对郁达夫是有些喜欢与偏爱的。是他的诗人气质？是他的名士风范？是他感伤的抒情？抑或，是他最后在异国被日寇杀害的悲壮？仔细想想，也许都有，但是，更重要的，是一种感觉，是青年时期阅读郁达夫所感到的那样一种说不清道不白的亲切。

用现在的话说，他不作，不装，真性情，真浩然，如山中之泉、之溪、之瀑布，清澈见底，随性流淌。你可以不待见他，但是，在中国现代文学史中，他绝对是一个绕不过去的存在。

郁达夫的著作，我收藏有好几本。现在奉献给读者的，是上海北新书局民国三十六年(1947 年)再版的《达夫散文集》，内收达夫的散文二十七篇。首篇是他为良友版的新文学大系散文选集所写的导言；紧接着的，是他写于 1922 月 7 月 26 日的《归航》：

《郁达夫文集》书影

“我在日本的郊外夕阳晼晚的山野田间散步的时候，也忽而起了一种同这情怀相像的怀乡的悲感；看看几个日夕谈心的朋友，一个一个的减少下去的时候，我也想把我的迷游生活结束了。十年久住的这海东的岛国，把我那同玫瑰露似的青春消磨了的这异乡的天地，到了将离的时候，倒反而生出了一种不忍与她诀别的心来。啊啊，这柔情一脉，便是千古的伤心种子，人生的悲剧，大约是发芽在此地的吧。”

达夫是1914年7月进入东京第一高等学校预科开始留学的，1919年，进入东京帝国大学学经济。1921年6月，与郭沫若、成仿吾、张资平等人酝酿成立了新文学团体创造社。该年7月，郁达夫的第一部短篇小说集《沉沦》问世，产生很大的影响。1922年3月，他从东京帝国大学毕业后归国。《归航》写的就是他离开日本时伤感而复杂的心情。读到他的散文，我不禁感到一种悲愤。从日本归航的达夫，也许从来没有想到，正是他曾感到不舍的土地上的日寇，在苏门答腊夺去了他的生命，让他永远失去了归航。

达夫的散文，不仅感情充沛，诗意盎然，而且，特别长于写人叙事。例如《王二南先生传》，读来就令人莞尔。王二南先生何许人也？达夫后来的妻子王映霞的外公也。两人年纪相差四十多岁，可是二南先生不以长辈自居，而达夫在祖辈尊前也不拘礼，二人以文会友，品酒论诗，畅谈古今，竟成忘年之交。在达夫的笔下，二南先生个性鲜明，栩栩如生，如同电影镜头，凸显眼前。

郁达夫小说以及散文的优美抒情，以及对人物细腻的心理描写，无疑是受到俄国作家屠格涅夫的影响。屠格涅夫的小说本来就具有散文化的倾向，他长于抒情，同时又善于细腻的心理描写，擅于在巧妙的构思中，夹杂优雅美丽的悲剧故事。达夫年轻时特别喜欢屠格涅夫的《初恋》与《春潮》，他的散文，尤其是他的小说——不论是《迟桂花》，还是《春风沉醉的晚上》，都带有屠格涅夫式的抒情，心理描写，以及淡淡的忧郁与感伤。我后来想起，我对郁达夫的喜爱与亲切，也许与我喜爱屠格涅夫有关。他的《初恋》与《春潮》，他的《猎人笔记》与《罗亭》，都令初中时代的我，没有春风也沉醉了。

《达夫散文选》的出版者，是北新书局。北新书局出版的最著名的杂志，便是《语丝》。北新书局的创办人，是李小峰。他是新潮社的早期成员之一。1925 年初，北新书局对外开张营业，店址最初在北京翠花胡同路北的一个院子里。出版的第一本书，就是鲁迅翻译的厨川白村的《苦闷的象征》，出版时间为 1925 年 3 月 15 日，因此，北新书局也把这一天作为书局的开张日。北新书局成立之初，鲁迅的著作几乎统交北新书局出版。从第一本小说集《呐喊》，到第一本杂文集《热风》，许广平由此感叹说，鲁迅对北新书局是“有些偏爱，或甚至溺爱的”。

除了鲁迅先生的著作，北新书局还出版了大量的其他著名作家的作品。郁达夫在北新书局先后就出版了《达夫散文集》、《达夫短篇小说集》、《日记九种》、《迷羊》等。《日记九种》记录了他与王映霞的恋爱过程，内容新奇大胆，表达热烈奔放，轰动一时。遗憾的是，这段现代文坛轰轰烈烈的恋爱传奇，却因王映霞红杏出墙而告终结。结婚十年，王映霞投入当时浙江省教育厅长许绍棣的怀抱。此事对郁达夫造成极大的刺激。其《毁家诗纪》中曾经沉痛地写道："武昌旧是伤心地，望阻侯门更断肠。"武昌究竟哪些地方成为了郁达夫的伤心地？我孤陋寡闻，不甚清楚了。但是有一点我是知道的，那就是从此以后，达夫就离开故国，远走他乡，乃至永远地不能"归航"了。"还将陆居士，晨发泛归航。"这是唐人皎然《同李司直题武丘寺》中的诗句。台湾诗人郑愁予也写过一篇《归航曲》，是在呼唤达夫的《归航》么？

飘泊得很久，我想归去了
仿佛，我不再属于这里的一切
我要摘下久悬的桅灯
摘下航程里最后的信号
我要归去了……

浪漫漂泊

蒋光慈，一个陌生的名字。现在中文系的学生，恐怕都不大知道他是何方神圣了。但是，倘若要说起现代文学史中的文学社团，说起"太阳社"，就不能不说起蒋光慈。

说起蒋光慈，便免不了长长的一声叹息。

蒋光慈是安徽人，是中共早期领袖陈独秀的老乡。"五四"运动爆发时，就是当地学生运动的积极分子。1920年，在上海结识了陈独秀，加入上海社会主义青年团。1921年，蒋光慈被派赴苏联莫斯科东方劳动者共产主义大学学习，并在大学入党，那时，中共的党员还不足三百人。他的同学中，就有后来成为中共领导人的刘少奇和任弼时，以及中共将领萧劲光等人。在莫斯科，他两次见到了列宁。因此，当列宁病逝时，他专门写下了《哭列宁》的诗和散文，并在《新青年》发表《列宁年谱》，是中国较早宣传列宁著作的人。

1924年，蒋光慈从莫斯科留学回国，执教于上海大学，开始倡导革命文学，他不仅发表了大量的有关革命文学的理论文章，如《无产阶级革命与文化》、《现代中国社会与革命文学》，最早打出了革命文学的旗号；而且，亲自进行创作实践。1925 年，出版了诗集《新梦》，在自序中呐喊："用你的全身、全心、全意识——高歌革命啊！"与陈独秀齐名的新文化运动领袖高语罕为这本诗集作序，称蒋光慈是"革命的诗人，人类的歌童"。评论界也称《新梦》是"一颗爆裂弹"，是"中国革命文学的开山祖"。1926 年蒋光慈创作出版了书信体小说《少年漂泊者》，展示了一位青年追求光明、追求革命的心路历程。该书一出版，就轰动了上海滩，成为"革命时代的前茅"，从而奠定了蒋光慈"革命文学之师"的地位。

1927 年，蒋光慈还写作了纪实小说《短裤党》，这部小说是由瞿秋白定题命名的，第一次用文学的形式反映了上海三次武装起义，不仅塑造了一群工人形象，还把中共的领导人和中共的会议写进了书中。据时任中共中宣部秘书的郑超麟回忆：《短裤党》中，陈仲德即陈独秀，杨直夫即瞿秋白，鲁正平即周恩来。蒋光慈如此迅速、果敢地记载中国共产党人和工人阶级的革命史，可谓中国纪实文学或报告文学的开山之作。

我藏有上海亚东图书馆出版的《少年漂泊者》，中华民国十五年一月（1926 年）初版，二十二年五月（1933 年）16 版。封面封底均为红色。正文前引有作者《怀拜伦》的诗句，诗后有作者的自序。

小说中的主人公叫汪中，给一位叫维佳先生写信，叙

《蒋光慈诗文选集》、《少年飘泊者》书影

述了自己一生的经历。汪中出身佃户，父母因遭受地主刘老太爷的毒打致死，使汪中认识到“现世界为兽的世界，吃人的世界”。他无家可归，开始四处漂泊，在底层受尽欺压与磨难。我感兴趣的，是小说第一次写到了汉口江岸的“二七”大罢工。当京汉全路工人大罢工后，汪中参加了工人运动，后来被捕，同林祥谦一起被缚在电杆上，亲眼见证了军阀的大屠杀，以及林祥谦的慷慨就义。于是，汪中抱定决心“一定要革命，一定要把现社会打破出出气”。

1927年冬，蒋光慈与阿英等人发起成立了太阳社，并主编《太阳月刊》，当时，中共临时中央政治局负责人瞿秋白曾专程到会祝贺，将其视为共产党领导下成立的第一个文学团体。1930年，蒋光慈又与鲁迅、夏衍、田汉等人组织成立左翼作家联盟，主编“左联”机关刊物《拓荒者》。就是这样一个身体力行、大声疾呼革命文学的革命作家，却在左联成立的当年，也就是1930年，被中共开除出党。

这么一个中共的早期党员，怎么会在其革命文学创作的巅峰期，被中共开除出党呢？

追溯起来，原来是蒋光慈自己要求退党。

当时，中共党内的“左倾”路线占了上风，认为革命高潮已经到来，在城市大力发动“飞行集会”，导致了大批党员及革命群众暴露、被捕，牺牲在敌人的屠刀下。蒋光慈对此强烈不满，尤其反对作家也去参加飞行集会与暴力活动，认为作家的战斗不在街头，而在书桌上，其武器就是自己的作品。那时，蒋光慈正在创作一部长篇小说《咆哮的土地》，且因患病身体虚弱。他仿佛自知来日不多，于是，便想抓紧时间完成这部长篇小说。但是，蒋光慈的意见未被采纳，“左倾”领导们仍然坚持认为，去南京路集会暴动才是革命，蒋光慈不愿意去，就是贪生怕死。这样，蒋光慈愤而提出退党。不久，上海的共产党地下刊物《红旗日报》登出新闻：蒋光慈被共产党开除党籍。

蒋光慈被开除出党还有一个罪名，就是“浪漫主义”。《红旗日报》两次以鄙夷的口吻提到“浪漫”，同时，将浪漫与资产阶级联系在一起。这样，蒋光慈便成为浪漫主义最热烈的鼓吹者和最荒唐可笑的代表人物。他是那么地鼓吹浪漫：“我自己便是浪漫派，凡是革命家也都是浪漫派，不浪漫谁个来革命呢?”他还说：“有理想，有热情，不满足现状而企图创造出些更好的什么的，这种精神就是浪漫主义，具有这种精神的便是浪漫派”。他的热情与浪漫，连最浪漫的郭沫若都感到佩服。但是，最具有讽刺意味的是，蒋光慈将浪漫与革命联系在一起，可是，革命却不认他的账，偏偏要将浪漫与资产阶级联系在一起。最终，导致了蒋光慈在一年后，郁郁而死，年仅 30 岁。

满怀“浪漫主义”的情怀投身革命，最后却被“革命”所不容，乃至被驱逐、开除，在革命作家中，蒋光慈恐怕是第一人，但却不是最后一人。在后来的历史中，便有了丁玲在延安被批判，王实味甚至被砍了头。而胡风反革命集团案，以及新中国成立后一系列暴风骤雨般的政治运动，蒋光慈式的悲剧已经屡见不鲜，成为中国政治生活中的常态。

有意思的是，蒋光慈在解放后被家乡追认为“烈士”，并为之平反。但是，他当年的决裂，与后来的“漂泊”，都具有源头的意义。他的“漂泊”，不是流星般的坠落，也不是无根的消逝，而是勇敢的坚持。漂泊在我，毁誉由人。走自己的路，让别人去说吧。

太阳微笑

在中国现代作家中，阿英和郑振铎先生一样，也是屈指可数的大藏书家。同时，他还是“五四”时期著名的文学社团“太阳社”的发起人。

在这个书话专栏里，已经谈到了鲁迅先生的语丝社，茅盾、叶圣陶等先生的文学研究会，郭沫若、郁达夫等先生的创造社，也该谈到阿英、蒋光慈等先生的太阳社了。

阿英，安徽芜湖人。本名钱德富，笔名钱杏邨，阿英。过去，我常常将“钱杏邨”当做阿英的本名，其实，“钱杏邨”也是笔名，而且，在太阳社时期，在与鲁迅论战的时候，“钱杏邨”比“阿英”更有名。

和那个时期的许多文学青年一样，阿英也曾参加过“五四”运动，并且在 1926 年参加了中国共产党。那一年，阿英 26 岁，正是激情燃烧的岁月。1927 年，大革命失败，阿英从芜湖逃亡到武汉，随后，又逃到了上海。那时，青年作家蒋光慈、杨邨人、孟超也来到上海。他们都是共产党员，便商量着怎么开展革命的文化活动。首先，由蒋光慈拿出仅有的一百块钱，开了一家“春野书店”。然后，在1928年的元旦，创办了《太阳月刊》，大家推举阿英与杨邨人当了编辑。

“太阳社”的名称便由此而来。

太阳社正式结社后，就聚集了一批文学青年，其中，我们现在还熟悉的，有林伯修（杜国庠）、夏衍（沈端先）、洪灵菲、楼适夷、殷夫等。其圈子成员大多是从各地转移到上海的共产党员。他们积极地倡导无产阶级革命文学，创立伊始，便与盟友创造社一道，选定了鲁迅作为批判对象，与鲁迅展开了一场关于革命文学的激烈论战。而年轻的钱杏邨成为了火力最猛的机枪手。他在《太阳月刊》上连续发表了多篇文章，认为鲁迅的创作已经失去了时代意义，还称鲁迅和周作人是“难兄难弟”，对周家兄弟的革命文学论进行了批判。

这场论战持续了近两年，到1929年结束。今天看来，太阳社与创造社的许多成员，无疑受到了当时中共内“左倾”思潮的影响，其观点显得过于偏激，有的甚至对鲁迅先生进行了人身攻击。他们当时提倡的文学的阶级性、工具性，到了20世纪的60年代文化大革命中，发展到了巅峰状态，直到今天，这样的幽灵还在中国大地上飘荡。

对于年轻的阿英来说，这场论战无疑给他提供了展示自己的平台。他以勇猛的评论家的姿态，出现于文坛。他的人生轨迹，也就顺理成章地沿着革命战斗向前发展，加入左联，成为1933年建立的中国共产党电影小组的成员之

《李闯王》书影

一。被国民党当局列入“赤色作家”通缉名单。“七七”事变后，积极参加抗日戏剧活动，到新四军中进行文化宣传工作。新中国成立后，自然成为文化界的领导。当然，文化大革命中，首当其冲受到批判。从太阳社时期起，他与郭沫若便是战友与挚友。1977 年，阿英去世后，郭沫若抱病参加了他的追悼会。追悼会结束后，郭沫若心情沉痛地吟诗一首：“你是‘臭老九’，我是‘臭老九’，两个‘臭老九’，天长与地久。”

如果阿英仅此而已，他就不会出现在我的专栏中了。我更感兴趣的，是作为作家、学者与藏书家的阿英。他的创作，以话剧成就最大，《碧血花》写明末南京秦淮名妓葛嫩娘，在南京沦陷时，勇赴国难，壮烈牺牲。解放战争时期写的话剧《李闯王》，也颇有影响。我收藏有《李闯王》的剧本，作家出版社 1955 年 3 月北京初版。其中，附有东北军区文工团演出该剧的剧照。还收藏有晨光出版公司出版的《剧艺日札》，1951 年 1 月 25 日初版。该书为“晨光文学丛书“之一，收录了阿英 1950 年在天津担任文化局长时，在《星报》上发表的二十篇艺术随笔。最值得欣赏的，是该书的封面。选取了清代乾隆年间的木刻“花面杂剧”之一，“花面”者，小丑也。封面所选的舞台小丑，动感十足，栩栩如生。

晨光出版公司，是出版家赵家璧与作家老舍合办的一家民营出版公司。其出版最有名的，就是“晨光文学丛书”，出版了大量的文学名著，如老舍的《惶惑》和《偷生》，巴金的《寒夜》、《第四病室》，钱钟书的《围城》，师陀的《结

《剧艺日札》书影

婚》，陆小曼编的《志摩日记》，以及王西彦、萧乾、端木蕻良、李广田等作家的作品。

阿英最大的成就与贡献，是对中国近代文学的研究，包括资料的整理与出版，编写书目，研究的论著。他是继胡适和鲁迅之后，中国近代文学研究的开拓者，也是用力最勤、成果最多、贡献最大者。他的图书收藏，也是围绕着他的研究而进行的。由于藏书的丰富，他在访求、发掘、整理、研究近百年来的文化史料方面，成就斐然，先后著有《中国年画发展史略》、《晚清戏曲小说目》、《中国连环画史话》、《晚清文艺报刊述略》、《小说二谈》、《晚清文学丛钞》，含九卷十九册，《红楼梦戏曲集》，《小说三谈》等。他的《红楼梦书录》，收集了一百多种红楼梦的书，他的女婿吴泰昌说，阿英自己的《红楼梦》藏书，就远远超出了《书录》所载，其中，包括价值连城的《红楼梦》最早的刊本，即程甲本和程乙本，还有戚序本，以及东观阁本等。人民文学出版社根据程乙本校注的《红楼梦》，就向阿英借了珍贵的程乙本。

1979年，三联书店香港分店出版了由姜德明主编的《阿英文集》。姜德明先生在回忆阿英时说："阿英总是早早地在那宁静的书房里生起火炉。晚上，他不愿过多地应酬交际，他爱围炉坐着看书。他一生爱书，爱读书，每当他阅读到一部好书有所得时，总是情不自禁地泛起会心的微笑。"

此刻，正是静静的春夜。阿英先生，我看到你的微笑了。

书香传奇

淘书时遇到书友，是一件愉快的事情。

数年前，徐东古玩市场的旧书摊蛮多。我每个双休日都会去淘书。常常在书摊间转悠的时候，会遇到黄成勇，然后，一转眼，又会碰到徐鲁。

黄成勇是颇有名气的收藏家了，在书友中享有盛誉。他在十堰担任新华书店老总期间，创办了民间读书月报《书友》。两年后，南京的读书月刊《开卷》问世。《书友》与《开卷》，一南一北；成都的《读书人》，与嘉兴的《秀州书局简讯》，一东一西；待到黄成勇到武汉来，担任了湖北省新华书店的副总，接手了《崇文》书刊，民间读书报刊遂成东西南北中欣欣向荣之盛况。成勇为人豪爽、义气，与许多文化名人关系密切，藏有许多珍贵的签名本，尤喜好毛边本，自然是"毛边党"了。他的新居在汉口长江之滨，开窗便是浩浩大江。除了书房，他那宽大的阳台，也做成书斋，满墙是书，满地是书。沐浴江风，一卷在手，怎不叫人书香沉醉。

成勇著有《沐浴书香》、《幸会幸会、久仰久仰》等多部书话。其主编的《民间书声》，更是珍贵的民间读书报刊的精华本。

徐鲁，著名儿童文学作家，诗人，湖北省作协副主席。但他的书话，也写得文采斐然。儿童文学圈内都昵称他“徐志摩”。他爱书，也藏书，但更爱读书。有一次，在徐东旧书摊见我也收藏新中国成立初期的文学书籍，便告诉我一个重要信息，说武大附近一旧书店中，有大量的中华人民共和国成立初期的书籍，价格非常便宜。我拔腿就去，去了就陷进书海，出不来了。那是新华社湖北分社等单位图书馆的藏书，均是新中国成立前后的书籍，其中，有大量的著名作家的作品，还有前苏联的各种翻译作品。这些书，堆放在狭窄的书架中间。每次去，如同走进阿里巴巴的山洞，端个小板凳，坐在书堆前，慢慢翻选，每次都要带走几十本。就这样翻选了几个月。这样的经历，在我的藏书史上，还是第一次，也是唯一的一次。

还有一位书友，襄阳市作家协会主席凡夫先生，也是武汉旧书市的常客。凡夫是连环画收藏家。他曾任湖北省作协副主席，每次来汉开会，都要挤出时间去逛书市。我曾陪他去过徐东古玩市场，崇仁路古玩市场等旧书摊淘书。据他说，汉口的车站路也有旧书市，不过要赶早。也许是家住古城，他对《三国演义》的连环画收藏情有独钟。我曾去过他家，参观他的藏书。顶天立地的书柜中，密密麻麻，全都是珍贵的连环画，价值连城。

凡夫见我喜爱收藏民国版本的新文艺书籍，有次开会，便送了我一本刚淘到的旧书。我一看，吓了一跳，竟然是张爱玲的《传奇》增订本！而且，是民国三十五年十一月(1946年)增订本的初版本！

关于张爱玲的《传奇》，著名学者陈子善先生曾经这样说过："20世纪中国文学史上，有些重要的年份是不能忘记的。譬如，1921年，郭沫若的《女神》和郁达夫的《沉沦》问世；1923年，鲁迅的《呐喊》问世；1933年，茅盾的《子夜》问世；1934年，沈从文的《边城》和曹禺的《雷雨》问世，等等。1944年，同样是个值得关注的年份，就在这一年，张爱玲的中短篇小说集《传奇》横空出世了。那年，张爱玲二十五岁。"

《传奇》是张爱玲的处女作品集。她那句脍炙人口的名言"出名要趁早呀！"也是由此书而引发的。她在《传奇》再版本的《再版的话》中说：

> 以前我一直这样想着：等我的书出版了，我要走到每一个报摊上去看看，我要我最喜欢的蓝绿的封面给报摊子上开一扇夜蓝的小窗户，人们可以在窗口看月亮，看热闹。我要问报贩，装出不相干的样子：'销路还好吗？——太贵了，这么贵，真还有人买吗？'呵，出名要趁早呀！"

《传奇》的初版本无序跋，作品收入《金锁记》、《倾城之恋》、《茉莉香片》、《沉香屑：第一炉香》、《沉香屑：第

《传奇》增订本书影

二炉香》、《琉璃瓦》、《心经》、《年轻的时候》、《花凋》和《封锁》等十篇中短篇小说。这些作品，均成现代小说之经典。1946 年 11 月，上海山河图书公司又初版了《传奇》的增订本，增加了《红玫瑰与白玫瑰》、《留情》、《鸿鸾禧》、《桂花蒸·阿小悲秋》、《等》五个短篇，另有前言《有几句话与读者说》，跋语《中国的日夜》。这些新作均为 1945 年以内的创作。全书共五十万字。

凡夫送我的，就是这样的初版本。

这样的收藏，这样的赠予，也是一种传奇。

《传奇》增订本在收藏界的珍贵，还与其封面设计分不开。张爱玲在该书的前面说起过封面设计的构想：

> 封面是请炎樱设计的。借用了晚清的一张时装仕女图，画着个女人幽幽地在那里弄骨牌，旁边坐着奶妈，抱著孩子，仿佛是晚饭后家常的一幕。可是栏杆外，很突兀地，有个比例不对的人形，像鬼魂出现似的，那是现代人，非常好奇地孜孜往里窥视。如果这画面有使人感到不安的地方，那也正是我希望造成的气氛。

张爱玲的夫子自道，是我们解读这幅画面的钥匙。

画面上的旧式人家，是用工笔描绘，而一旁的现代人，则是简笔勾勒出一个轮廓，如同张爱玲的小说，主要关注的，是没落的旧式大家庭，如《倾城之恋》之白家，《金锁记》之姜家，《茉莉香片》之传庆家，《小艾》之席家等。其次，画中那突兀的破窗而入的现代人，则预示着现代文明对封闭的封建的传统生活方式的介入与冲击。在现代思潮的冲击下，这些家庭的灰暗腐烂，以及画中女人那样的清净和悠闲，是不会长久的。如同白公馆的那座老钟，别人家的钟敲响了11点，老钟才慢腾腾地走到10点，成为“跟不上生命的胡琴”的没落者。

其实，画中那个好奇地孜孜往里窥视的“现代人”，何尝不是张爱玲自己。她生于传统，长于现代，她的作品，何尝不是旧时代的一曲挽歌。如同张氏在《传奇》再版时说：“生命也是这样的吧——它有它的图案，我们唯有临摹。”

蕙风之后

早在读中学的时候，就知道汪静之了。

因为那时我正热爱着诗。

因为汪静之是“五四”时期著名的“抒情诗人”。

其实，更准确地说，汪静之应该是中国现代的“爱情诗人”，他一辈子都用他的童真抒写着爱情的诗篇。他的爱情诗的源头，自然是曾经洛阳纸贵的诗集《蕙的风》：

是哪里吹来
这蕙花的风——
温馨的蕙花的风？

这蕙花的风首先是从湖畔吹来的。蕙的风吹动着四个少年的头发。那是 1922 年的 4 月，四个爱诗的青年相聚在杭州西子湖畔，那一年，汪静之二十一岁，应修人二十三岁，冯雪峰二十岁，潘漠华二十一岁，正是诗情与爱情如花初放的年龄。他们泛舟西湖，畅谈诗与爱，几天后，应修人要回上海了，提议将四个人的爱情诗合集出版，书名《湖畔》。于是，“湖畔诗社”便在西湖边的西泠印社四照阁宣告诞生。1922年5月4日，“五四”运动过去整整三年之后，湖畔诗社第一个诗集《湖畔》自费出版，一千册小巧的诗集在沪杭等地刚一上市，很快就被抢购一空。湖畔诗人也声名鹊起。

同年八月，汪静之的《惠的风》经鲁迅先生修改后，由上海亚东图书馆出版。诗集中，前有朱自清、胡适、刘延陵三人写的序言和作者的自序，扉页周作人的题签：“放情地唱呵”。一本薄薄的诗集，竟然引起“五四”时期的文坛巨匠们如此地力捧，朱自清称汪静之是“二十岁的一个活泼的小孩子”，胡适称之为“我的少年朋友”，是因了《蕙的风》以清新的诗风，直抒爱情的欣喜和苦闷，不但给人耳目一新之感，而且狂飙似的冲击了“五四”运动一贯反对的封建礼教，成为时代之风，一时之间洛阳纸贵，短期内加印四次，声名仅次于胡适《尝试集》和郭沫若《女神》。那一年，汪静之才二十岁。

现在的年轻人，包括年轻的中文系的大学生，也许不理解，为什么那么直白浅露的诗歌，会成为当年中国轰动性的事件，以致招致激烈的非议与论辩，甚至包括鲁迅先生也参入了论战。如《送你去后》：“好哥哥呵，我恋恋不舍的哥哥呵！你心爱的人儿要哭了，于今没有了一个心了。”那是因为汪静之的青春期恰恰与“五四”以后中国社会的青春期历史性地不期而遇。是因为其情诗大胆创新，言他人所不敢言。其敢爱敢追求的个性也成为其情诗最好的注脚。汪静之十五岁时，爱上了年龄小辈分大的“小姑姑”曹珮声。曹珮声考上杭州省立女子师范后，他又追随至杭，报考浙江一师。曹珮声此时已与他人成婚，怀着歉意，她便将杭州女师的八位美女逐一介绍给静之，每周一位，安排约会。汪静之身体矮小，美女们便常常不中意。但其童真与诗情，仍然会打动美女的芳心。三号美女傅慧贞，湖南人，就曾与汪静之山盟海誓，后因女家棒打鸳鸯而分手，《蕙的风》，便是写给傅慧贞的情诗，蕙者，慧之谐音也。最终与汪静之结为连理的，也是八美之一的符竹因。符竹因起初也曾拒绝了他。汪静之的同学便作打油诗嘲笑他：“矮脚诗人汪静之，痴心妄想一情痴。蛤蟆想吃天鹅肉，八仙美女笑他痴。”但最后，符竹因还是抵挡不住汪静之的情诗和情书的进攻，1924 年，两人在武汉结婚，一辈子不离不弃。

为汪静之做媒的曹珮声，乃胡适三嫂之妹，胡适包办结婚时，曹是伴娘中最出众者。曹曾有过短暂的不幸婚姻，离婚后，为胡适情人。1923 年暑假，曹珮声与胡适在杭州南高峰烟霞洞同居三月，怀下身孕，胡适答应离婚娶她。不料，胡的发妻江冬秀以死相拼，并威胁要带上两个孩子一并了断，胡适无奈，只得回断了曹珮声。曹万念俱灰，上峨眉山削发为尼。她家留美的二哥赶上峨眉，劝其下山，赴美求学。曹归国后执鞭教坛，成为马铃薯专家，终身未再嫁。

汪静之年少成名，20 岁就当上了教授，辗转于鄂皖鲁冀沪宁杭等地执教。不过，传说诗人授课颇引非议。作家曹聚仁就说：“他教国文，实在糟得太不成话。一篇应该教一个星期的课文，他就在四十分钟教完了。无可奈何，他就说些文坛掌故来填补……我就当面对他说：“假如我是校长的话，决不请像你这样的诗人来教国文。你这样的教法，真是误人子弟!”曹聚仁是他浙江一师的同窗，时任暨南初中部主任，想必所说不差。但我收藏的汪静之的学术著作《李杜研究》，则展示了汪静之教学生涯的另一面。

《李杜研究》，上海商务印书馆民国十七年五月(1928年)初版，我收藏的是民国二十二年一月(1933年)“国难后第一版”，版权页中，商务印书馆特别启事，记述了1931年1月28日，日军进攻上海，商务印书馆遭到日军轰炸，所有图书毁之一炬。但日本侵略军可以炸毁大楼，炸毁图书，却炸毁不了中国人的民族意志。商务印书馆很快就恢复了图书的出版，这个版本就是国难后的第一版，非常具有纪念意义，同时，列为“国学小丛书”之一。《李杜研究》的封面很有特色，为汉砖造像。全书分七章，首章为“李杜比较论”，接着三章叙李白，后三章叙杜甫。该书是汪静之著作中难得的版本，是他“蕙风之后”的真实写照。

新中国成立后，汪静之因了冯雪峰，进人民文学出版社任编辑。后因与顶头上司聂绀弩不合，改为特约编辑，停发工资。1965年转入中国作协为专业作家，“文革”前夕被打发回杭，彻底的“静之”，直到1979年，浙江作协才知道汪静之隐居在杭州。当年的风流才子、湖畔诗人，晚年生活十分拮据，衣服破旧不堪，三十年未订报纸，晚上只

《李杜研究》书影

用一支八瓦的日光灯，但却仍然勤奋用功，凡有空白的包装纸，包括牙膏盒、药盒，都收集用作草稿纸。1996 年，汪静之将写于六十年前的与六位女性的诗体恋爱史编成一本《六美缘》公开发表。九十岁，住在医院里，依然表示要写情诗，“一直写到生命的最后一刻”，保持了一个真正的诗人所需要的纯洁与童真。有人说，汪静之以后，再也没有出现如此纯洁的童真诗人。诚如斯言啊！

雪峰之花

世界上有许多的事情，看似偶然，事后想来，冥冥之中却有着神秘的联系。譬如这《大武汉》杂志为我开辟的书话专栏，刚刚写了湖畔诗人汪静之，就在武昌的旧书店意外地淘到了另外一位湖畔诗人冯雪峰的两本书。冯雪峰的命运传奇而多灾多难，他的书，很早就风流云散，能在一个地方一次性淘到他的两本书，真的是不容易。

一是《雪峰文集》，上海春明书店印行，民国三十七年一月(1948年)初版。主编是梅林，版权代表者，是中华全国文艺协会，版权页上，还盖有该协会的印章。收入"文集"的作家，有鲁迅、郭沫若、茅盾、郁达夫、叶圣陶、巴金、老舍、丁玲、张天翼、冯雪峰、胡风。1955年，胡风就被打成"反革命集团"，冯雪峰也因"胡风事件"受批判，从此堕入苦难深渊，这么多的作家中，我淘到的，除了《雪峰文集》，还有《胡风文集》。命耶？缘耶？

一是《上饶集中营》，冯雪峰唯一一本电影剧本，华东人民出版社 1951 年 5 月初版。该书是“文艺创作丛书”之一，“文艺创作丛书编委会”的主任，便是冯雪峰，委员中，有着巴金、胡风、夏衍、王统照、魏金枝等十六人。

1951 年，新中国刚刚成立。湖畔诗人中，汪静之还活着，而应修人、潘漠华早已为革命而牺牲。

年轻憨厚的应修人，1925 年在商务印书馆工作期间参加中国共产党，1927 年赴苏联学习。1930 年，在周恩来领导的中央军事委员会任油印科负责人，继而调任临时中央工作。1932 年，应修人到中共江苏省委任宣传部长。1933 年 5 月 14 日，应修人到上海虹口丁玲的寓所联系工作，这时，丁玲已因叛徒出卖而被捕，应修人被把守在楼梯口的特务发觉，他英勇地徒手与特务们展开激烈搏斗，不幸坠楼牺牲，时年三十四岁。

潘漠华后来考入北京大学。1926 年，到武汉参加北伐军。1927 年加入中国共产党。1933 年参加中国左翼作家联盟，是北方左联发起人之一，并任中共天津市委宣传部部长。同年 12 月被捕。1934 年 12 月，在狱中的绝食斗争中牺牲。

高大帅气的冯雪峰，命运便具有传奇色彩了。

他曾经是丁玲心中最爱的情人。丁玲当年与胡也频相爱的同时，也爱上了文学天才冯雪峰。湖南妹子丁玲竟然提出要和两个男人共同生活，他们竟然真的在西湖边共赏碧波，结果，胡也频坚持不住了，跑回上海，找到好友沈从文求救。沈从文劝慰了他，于是胡也频第二天就回到了杭州。最终，是冯雪峰离开了杭州，胡也频与丁玲和好

《雪峰文集》书影

如初。

冯雪峰是鲁迅先生一见如故的亲密的学生与战友。1929年，他迁居景云里茅盾先生家中时，就与鲁迅过从甚密，两人经常彻夜长谈。他和鲁迅都是中国自由运动大同盟与“左联”的发起人。鲁迅在成立大会上所作的讲话——《对于左翼作家联盟的意见》，就是他整理的。1931年，冯雪峰任“左联”党团书记，介绍瞿秋白与鲁迅认识。1932年，与鲁迅等四十余人联名发表《上海文化界告世界书》。他是中共三十年代在上海文化界的领导人，同时，也代表着中共与鲁迅先生保持着联系。他与鲁迅先生及家人的合影，成为他们作为挚友的珍贵见证。

冯雪峰1933年到中央苏区工作，就在瑞金，认识了毛泽东。那个时候，他们的关系不错。《冯雪峰传略》中曾说：“两人一起交谈散步不下数十次。”可见关系非同一般。

新中国成立后，冯雪峰担任了中国作协副主席，中国作协党组书记，《文艺报》主编，人民文学出版社社长兼总编辑。以冯在党内的资历，这种安排似乎不高。但是，这样的好景也不长，到了1954年，他就开始受到批判，最初的起因，是“两个小人物”李希凡、蓝翎评《红楼梦》，给《文艺报》投稿，受到冷遇。毛知道后，大为不悦。冯迫于压力，写了《检讨我在〈文艺报〉所犯的错误》。毛泽东当时在南方，看到检讨后，作了极为严厉的批示。他在“反马克思列宁主义的错误”这一句旁批道：“应以此句为主题去批判冯雪峰。”这样的定调，就要了冯雪峰的命。没过多久，毛泽东读了冯的《火狱》等寓言，又批给中央领导刘少奇、

《论“保卫延安”》书影

周恩来等阅，还嘱陈伯达、胡乔木、胡绳、田家英这些中共党内的秀才们看。此后，冯雪峰即受到批判，被开除党籍，1957 年，与丁玲、艾青等同时被打成右派。

冯雪峰参加过长征，被捕后，坐过国民党的上饶集中营，为革命出生入死，历经艰辛，为何一解放就屡遭厄运？有资料说，是他与周扬不和有关。历史已经证明，当年与鲁迅关系好的，但是与周扬不和的，如胡风、冯雪峰、丁玲等，几乎都被打成反革命或者右派。他们的灾难，不能说与周扬没有关系。但是，最关键的，还是毛泽东的态度起了决定性的因素。

毛泽东与丁玲的关系很好，与冯雪峰的关系也不错，这是众所周知的。毛最在意的，是思想与理论的分歧。

1946 年，冯雪峰给丁玲写信，寄去了他的杂文集《跨的日子》，并请她转给毛泽东。丁玲在 1948 年 6 月 19 日的日记中写道："毛主席告诉我雪峰那本书有些教条，我答不上来，因为我没有看。雪峰那本书是寄给我的，同时有一本寄给毛的。"丁玲的记载非常重要，它至少说明从 1948 年起，毛泽东就认为冯雪峰有教条主义的毛病。毛一生对"本本主义"、"教条主义"极为反感，丁玲日记说毛认为冯有教条主义，这是很要命的批评。

究竟是哪些文章引起了毛泽东如此的反感呢？在《跨的日子》里，单看他谈的问题和文章的题目，就知道为什么会引起毛的不满了。雪峰杂感集的最后三篇文章是：《新的骄傲》、《帝王思想》、《封建的意识与封建的装潢》。

《跨的日子》是在 1946 年初出版的。而就在 1945 年 10

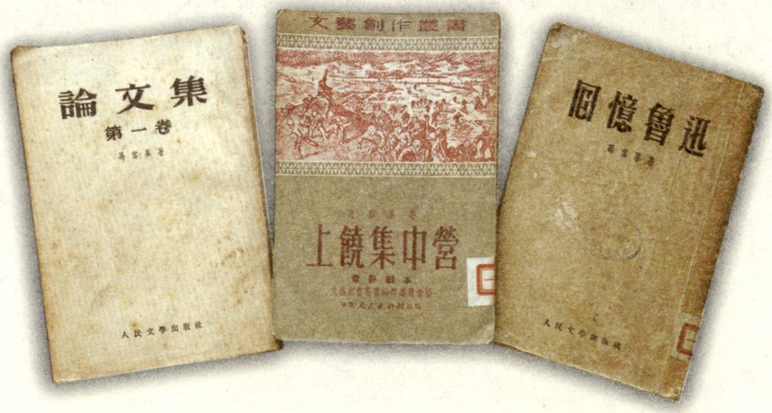

《论文集》、《上饶集中营》、《回忆鲁迅》书影

月，毛泽东的《沁园春》一词在重庆发表，顿时引起轩然大波。蒋介石说其词“有帝王思想”，赶紧布置围攻；郭沫若等进步人士也针锋相对，赋词反击。一时好不热闹。而仅仅过了几个月，毛再读到冯雪峰的《帝王思想》等杂文，其观感便可想而知了。

“鸟儿出山去的时候，我以一片花瓣放在它嘴里，告诉那住在谷口的女郎，说山里的花已开了。”这首《山里的小诗》，是冯雪峰湖畔时期写的。现在，又是春天了。雪峰上的花，应该开放了。

丁玲之漩

不知怎么的，当我想起写丁玲的时候，瞬间涌现的关键词，一个是“政治”，一个是“男人”。在中国现代文学史上，没有一个女作家，能像丁玲那样，从年轻，到垂暮，一直在政治的大潮中，大起大落，潮起时，她是潮头的弄潮儿，风光无限；但是，常常是没过多久，她又被政治的大潮一口吞噬。对于男人，她敢爱敢恨，从不藏着掖着。但是，在她的生命中，确也是成也男人，败也男人；与她的生命纠缠在一起的，都是赫赫有名的革命同道；而唯一与她共患难，陪伴她到生命尽头的，却是一个延安时期的普通演员。当然，这个帅小伙子，也是一个男人。

丁玲的第一个爱人，是左联烈士胡也频。第二个真爱的人，是冯雪峰。丁玲对他们的爱，从来就是公开的。在那个浪漫的年代里，她甚至提出过三个人一起共同生活。她不但这样说了，还真的这样做了。他们在西湖边共同相处了一些日子。结果胡也频坚持不住，返回上海，向好友沈从文倾诉。沈从文当然是劝他回去，坚持下去了。于是，胡也频第二天就回到了杭州。最终，是冯雪峰选择离开了杭州。

冯雪峰虽然没有成为丁玲的丈夫，但是，却是她一辈子的精神恋人与革命战友。冯雪峰是中共三十年代在上海文化界的领导人，同时，也代表着中共与鲁迅先生保持着联系。他与鲁迅先生等共同发起，成立了“左联”，同时，担任了“左联”的党团书记。已经出版了《莎菲女士的日记》的丁玲，那时声名鹊起，也加入了中国左翼作家联盟，1931 年，还出任了“左联”机关刊物《北斗》的主编，成为具有重大影响的左翼作家。这是信仰的选择，同时，何尝不是战友的选择。要知道，那个时候，上海正是一片白色恐怖。丁玲是在国民党枪杀了胡也频、殷夫等左联五烈士后，不顾个人的安危，毅然出任《北斗》主编的，后来，又出任了左联的党团书记。

紧接着，就发生了震惊全国的丁玲被秘密逮捕的事件。

丁玲的被捕，与她的第二次婚姻有关。

她的第二任丈夫叫冯达，是史沫特莱的英文翻译。我没见过冯达的照片，但我确信，他肯定是个小白脸，肯定比丁玲小，肯定是个一切听命于丁玲的乖乖男。果然，我查资料，证实了我的判断。他比丁玲小两岁，胆小懦弱。丁玲后来这样回忆冯达：“这是一个陌生人，我一点也不了解他，他用一种平稳的生活态度来帮助我。他没有热，也没有光，也不能吸引我，但他不吓唬我，不惊动我。他不爱多说话，也不恭维人，没有傲气，也不自卑。有时，他陪我去看水灾后逃离灾区的难民。我没有感到一个陌生人在我屋里，他不妨碍我，看见我在写文章，他就走了。我肚子饿了，他就买一些菜、面包来，帮我做一顿简单的饭。慢慢生活下来，我能容忍有这样一个人。后来，他就搬到我后楼亭子间。这年 11 月，我们就一同搬到善钟路沈起尹家。”

就是这个“陌生人”般的丈夫，将特务引到家里来，丁玲因此被捕了，被秘密拘禁在南京。宋庆龄、蔡元培、鲁迅、罗曼·罗兰等国内外著名人士，曾发起抗议和营救活动。她的朋友们，例如沈从文，也到处奔走营救。三年的监禁中，冯达陪在她的身边，她还为冯达生了一个孩子。一直到 1936 年 9 月，丁玲成功逃离南京，在冯雪峰的安排下，奔赴陕北，成为到达中央苏区的第一位知名作家。

从波峰浪谷的深渊中逃脱出来的丁玲，绝对没有想到，她会这么快地一下子跃上了潮头。中共领袖毛泽东，她的湖南老乡，居然将欢迎她的诗词，用军用电报的形式，发给聂荣臻将军，再转送给她。毛泽东一辈子只为三个女人写过诗，一是发妻杨开慧，二是江青，此外，就是丁玲了。按照写诗的顺序，写给丁玲，当然是在江青之前。毛泽东赠送其《临江仙》曰：“壁上红旗飘落照，西风漫卷孤城。保安人物一时新。洞中开宴会，招待出牢人。纤笔一枝谁与似？三千毛瑟精兵。阵图开向陇山东。昨天文小姐，今日武将军。”毛泽东以“武将军”称赞丁玲，评价之高，令人惊叹。这样的殊荣，似乎只有彭德怀才拥有，毛泽东也曾写诗称赞他：“谁敢横刀立马，唯我彭大将军。”有意味的是，这两位“将军”，后来都被毛泽东搞倒了。政治家的韬略，哪里是文人武将所能看明白的。

《太阳照在桑干河上》、《到前线去》书影

延安成为丁玲生命中的又一个转折点，是生命的高峰，同时，又开始孕育了从高峰跌下的宿命。她成为毛泽东的文艺战士。在毛泽东“延座讲话”精神的鼓舞下，以饱满的热情投身于根据地的革命斗争，用文艺形式去积极反映火热的斗争生活。她真的走上了前线，她的生活中，有了更多“武将军”，朱德、彭德怀、左权，他们都是八路军的最高长官。我收藏有一本丁玲的书籍《到前线去》，封面就是丁玲身着军装在爽朗大笑。这是根据她 1938 年摄于延安的照片儿画的。那一年，她三十二岁，风华正茂。书中还收录了 1937 年丁玲在山西八路军前线总指挥部与朱德、彭德怀、左权的合影。书中的十九篇文章，记录的都是八路军将士抗战的真实故事。除了这些写于前线的短章，她还在战火之中沉下去，深入到当时的土改第一线。1948 年，丁玲写成著名的长篇小说《太阳照在桑干河上》，1952 年，荣获苏联斯大林文学奖金，在中国，她是荣获斯大林文学奖的唯一女作家。这部长篇被译成多种文字，在各国读者中广泛传播。

我收藏有丁玲的《太阳照在桑干河上》，更早的版本，由于天太热，书太多，我来不及找出来了。手边的版本，是人民文学出版社 1953 年的第四版。该版本是“中国人民文艺丛书”之一。我收藏的是中国人民大学图书馆的馆藏书，是在北京潘家园地摊上淘到的。

天亮了，解放了，丁玲的好日子也到头了。世界上最荒诞最悲哀的事情，莫过于你将所有的生命都献给革命，你心甘情愿为革命浴血奋战，最后，却被革命者定性为“反革命”，一棒子打倒在地。丁玲的名字，终于和她心仪一辈子的男人冯雪峰并列在一起，先是被打成“反党集团”，后来又被打成“右派”，被发配到遥远而寒冷的黑龙江去劳动改造。这一次的坠落，一坠就是十几年。而一直陪伴在她身边的，是她在延安时期的战友，“西北战地服务团”的青年演员，也是她的最后一任丈夫陈明。

我收藏有北京图书馆出版社出版的《书语：丁玲陈明爱情书简》，2004 年 4 月初版，印数五千。这本书的珍贵，第一，扉页上有陈明先生的签名以及印章，签名时间是：“04 · 10”。第二，是珍贵的毛边本。第三，是大十六开的异型开本。书中收录了两人的书信一百一十五封，最早的始于 1947 年，最后的是 1978 年。其中，陈明的五十一封，是首次问世，具有极高的史料价值。在丁玲从巅峰一下子跌入低谷的最痛苦的日子里，这个小丁玲十几岁的“小弟弟”，俨然老大哥一样，安慰着、鼓励着丁玲，最后远赴黑龙江，与丁玲共患难。丁玲喜欢找弟弟。但是，这个弟弟却找对了。难怪有人说，没有陈明，就没有丁玲啊。

一个受难的女人，她的前面，总是站着一个或者几个与她纠结不休的男人。

更重要的是，一个成功的女人，背后总是站着一个或者几个不离不弃地守护着她、愿意默默为她付出的男人。

至于政治的漩涡，也许只有深陷其中、热衷于此的人，才会有一种狂热的快感。犹如疾速的过山车，一忽儿天堂，一忽儿地狱，乐此不疲，无怨无悔。这样的人，应该是强悍的。

丁玲是吗？

从文之泪

1930年，年轻的作家沈从文离开了上海中国公学，前往青岛大学任教。在中国公学两年的执教生涯中，这个从湘西走来的“乡下人”，爱上了中国公学的校花，十八岁的美丽的女学生张兆和。

张兆和是苏州乐益女子中学校长张冀牖的三小姐，出身名门，她还有三个姐妹，分别嫁给了昆曲名家顾传玠，著名语言文字学家周有光，以及著名汉学家傅汉思。张家的四朵姐妹花，都是大家闺秀，相貌秀美、知书达理，而且精通昆曲。作家叶圣陶曾说：“九如巷张家的四个才女，谁娶了她们都会幸福一辈子。”

腼腆的乡下人沈从文，不管不顾地就爱上了张兆和。他的情书像黄浦江的波浪一般，不停地拍打着张兆和的心房。困扰的张兆和带着沈从文的情书去见了胡适校长，没想到，胡适大力夸奖沈从文，说他是中国小说家中最有希望的。胡适对张兆和说：“他顽固地爱着你。”可是，张兆和的回答倔强而骄傲："我顽固地不爱他。"

但是，到了青岛大学以后，沈从文的情书仍然没有停笔："我爱你一天总是要认真生活一天，也极力免除你不安的一天。为着这个世界上有我永远倾心的人在，我一定要努力切实做个人的。"他的顽固当然获得了成功，1933 年 9 月 9 日，沈从文与张兆和在北京中央公园成婚。婚后，沈从文的创作力也得到了极大的迸发，著名的《边城》，就写在那段新婚的甜蜜时光里。

幸福中的沈从文，除了执教以外，还创作了许多的作品，包括评论。其中，就包括《论郭沫若》。

在这篇论文中，沈从文对郭沫若的诗歌以及文学活动、政治活动进行了肯定，但是，对其小说创作，则进行了直言不讳的批评。他说："让我们把郭沫若的名字置在英雄上、诗人上，煽动者或任何名分上，加以尊敬和同情。小说方面他应该放弃了他那地位，因为那不是他发展天才的处所。"沈从文认为，郭沫若的文章只适合于檄文、宣言、通电，"一点也不适宜于小说"。他的小说"并不比目下许多年青人更完全更好"。

第二年，沈从文又发表了《论中国创作小说》，在论及郭沫若和郁达夫、张资平三人的小说时，沈从文说："但三人中郭沫若，创作方面是无多大成就的"。

我收藏有上海万象书屋印行的"现代创作文库"中的《郭沫若选集》，民国二十五年四月初版。此文库揽括了当时最有名的二十位作家，所有的编选者，均为"徐沉泗、叶忘忧"，疑为化名也。因此，我有理由怀疑，此书的编选，

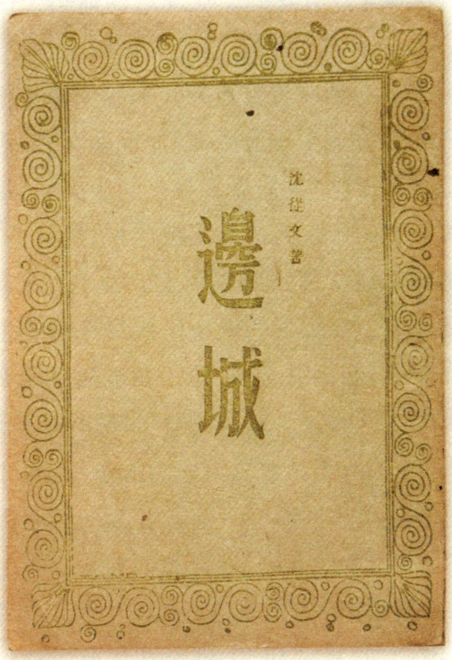

《边城》书影

没有得到郭沫若的同意。因为那时郭氏尚在日本。我注意到，编选者将沈从文的《论郭沫若》一文放在书首，作为一种导读或者“序言”。我认为，编者对沈从文的评论，应该是认同与肯定的。

但是，沈从文没有想到，他此后的命运，便与郭沫若有了联系。

1948 年 3 月，郭沫若以左翼文化旗手的身份，在香港《大众文艺丛刊》发表了一篇檄文《斥反动文艺》，对一批著名作家进行了抨击：“我们今天打击的主要对象是蓝色的、黑色的、桃红色的作家。”沈从文被定为“桃红色”作家，遭到毫不留情的批判：“特别是沈从文，他一直有意识的作为反动派而活动着。在抗战初期全民族对日寇争生死存亡的时候，他高唱着‘与抗战无关’论；在抗战后期作家们加强团结、争取民主的时候，他又喊出‘反对作家从政’；今天人民正‘用革命的战争反对反革命的战争’，也正是凤凰毁灭自己，从火中再生的时候，他又装起一个悲天悯人的面孔，谥为‘民族自杀的悲剧’，把我们的爱国青年学生斥之为‘比醉人酒徒还难招架的冲撞大群中小猴儿心性的十万道童’，而企图在‘报纸副刊’上进行其和革命游离的新第三方面，所谓‘第四组织’。”

当时，作为北大教授的沈从文，刚刚拒绝了校方送来的南下去台湾的机票，选择留在北京。但几乎与此同时，北大校园里却贴出了左翼学生全文抄录的郭沫若《斥反动文人》的大字报，教学楼上也挂出了“打倒新月派、现代评论派、第三条路线的沈从文”的大幅标语。沈从文极为痛苦、惶惑和无所适从。他在日记中写道："可惜这么一个新的国家，新的时代，我竟无从参与。多少比我坏过十分的人，还可从种种情形下得到新生，我却出于环境上性格上的客观的限制，终必牺牲于时代过程中。二十年写文章得罪人多矣。"可以看出，沈从文说"得罪人"，是有所指的。当年三月，他两度自杀。获救后，沈从文一度"住在一个精神病院疗养"。当他由"疯"恢复"正常"后，便从此离开了文坛，一头扎进了故纸堆，徘徊在故宫昏黄的灯影中，去抚摩那些穿越了历史时空的丝绸、瓷器和字画，正如傅国涌在《沈从文的"疯"》一文中所说："以后的三十年，中国少了一个作家，而北京午门下多了一个指点解说、抄写说明的老人，《中国服饰研究》就是其中的结晶。"

1985 年，有记者访问沈从文。说起"文革"中他打扫女厕所，在场一位女记者动情地拥住他肩膀说："沈老，您真是受苦受委屈了！"不想，八十三岁的老人当下抱着她的胳膊，嚎啕大哭起来。

在场的所有人都惊呆了。百感交集地看着这位老人嚎啕大哭，"哭得就像个受了委屈的孩子。他什么话都不说，就是不停地哭，鼻涕眼泪满脸地大哭"。

死水红烛

说起闻一多先生，自然就感到亲切。他是咱们的湖北老乡，黄冈浠水人。黄冈地处大别山，人杰地灵，名人辈出。大学期间，同学中黄冈人不少，我观察到一个有趣的现象，凡语音后缀短促有力者，如红安麻城一带，多出武将；凡语音后缀悠长起伏者，如浠水蕲春一带，多出文人。浠水出闻一多、徐复观；蕲春出胡风、黄侃。但无论文人武将，无论上巴河还是下巴河，黄冈人都个性鲜明，耿直奇倔。当年熊十力敢于指名道姓地骂蒋介石，闻一多敢于迎着独裁者的枪口拍案而起。他的《最后一次演讲》，曾收入中学语文课本。每当我在课堂上带领学生朗读课文，胸中便充满慷慨浩然之气。

这些年，在各地行走的时候，经常会“碰到”闻一多先生。武汉大学就不用说了。闻一多先生曾在武大任文学院院长。现在的珞珈山，原名“落驾山”，闻先生用其谐音，改为“珞珈山”。珞者，坚硬之石也；珈者，古代女性之头饰也。以其喻武大所在之山，典雅而贴切。武大建有闻一多先生塑像，每年樱花盛开的季节，我去赏樱，同时也会去瞻仰先生。

前年到青岛开会，紧张的会议间隙中，与刘绪源兄专程去海洋大学参观，当年教授们的别墅区令人遐想。闻先生的故居，是一幢红瓦黄墙古朴典雅的两层小洋楼，当年是德国军官宿舍。“一多楼”前，便是闻一多先生的花岗岩石雕像。1930 年 8 月，闻一多先生应杨振声校长的邀请，来到青岛山东大学任文学院院长兼国文系主任。同时被邀请的，还有梁实秋。梁实秋在《谈闻一多》中写到他们初到青岛，雇了两部马车观光。车夫都是山东大汉，对人彬彬有礼，路过山上居民接水的橡皮管时，尽管周围无人，也要把车停下来，把水管高高举起，让马车赶过去后再把水管放下来，以免马车轧着水管，一路上折腾三次，也不以为烦。山东人的质朴、诚实感动了他们，当杨振声设宴款待相邀时，二人便一言而决，畅快地接受了聘书。

但闻先生一生中最佳的工作生活环境，当推清华大学。梅贻琦掌校后，大幅提高教授的待遇。闻一多的月薪为三百四十元，1936 年提高到三百八十元——这是相当高的待遇，须知 20 世纪 30 年代的北平，一户普通人家每月的生活费只需要 30 元左右即可。闻一多举家迁入清华新建的西式教授宿舍新南院七十二号。寓所内有卧房、书房、客厅、餐厅、储藏室、仆役卧室、厨房、卫生间等大大小小十四间。电灯、电话、电铃、冷热水一应俱全。闻先生的书房，宽敞明亮，四壁镶以上顶天花板的书橱，窗下是书桌。那

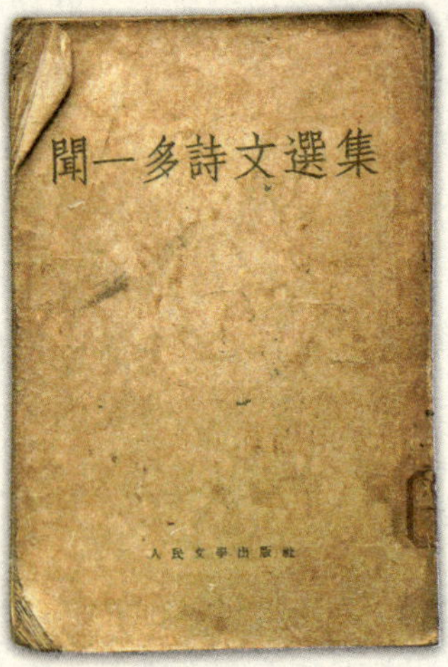

《闻一多诗文选集》书影

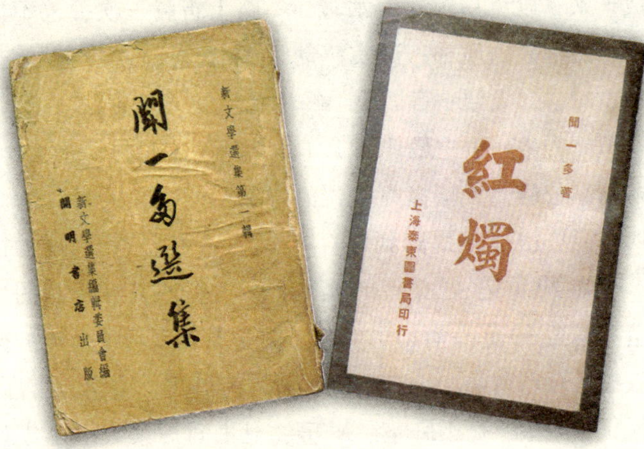

《闻一多选集》、《红烛》书影

时，正是清华大学的“黄金时期”，自由、民主、开放、尊师(特别是教授)、重教。清华六年，闻先生安居自然乐业，其学术研究如鱼得水。作为“新月派”诗人和英美文学学者的闻一多，渐渐淡出人们的视野，而作为中国古代文学学者的闻一多则日臻成熟。

多年前去云南采风，昆明自然安排了滇池。我却要去西南联大的旧址瞻仰闻一多先生。导游说，没有这个景点啊。我问他，读过《最后的演讲》没有？答曰，读过。那就好。那就帮你增添一个人文景点吧。于是便去了。西南联大旧址，就是现在的云南师范大学。一进校门，便可见到闻一多先生塑像。汪曾祺先生曾在西南联大读书，他写闻一多先生上课，十分传神：“我在读西南联大时，闻先生先后开过三门课：楚辞、唐诗、古代神话。楚辞班人不多。闻先生点燃烟斗，我们能抽烟的也点着了烟(闻先生的课可以抽烟的)，闻先生打开笔记，开讲：“痛——饮——酒，熟读——《离骚》，乃可以——为名——士。”师生上课可以抽烟，乃真名士也。

就是这样一位潜心学问的学者、诗人、教授、名士，都被独裁压迫得坐不住了。独裁者滥杀无辜的枪口，不仅对准了青年学生，而且对准了李公朴先生，对准了闻一多先生。闻先生是为中国的民主自由而献身的。他工作过的大学为他塑像，不仅是对先生的尊重，更是对民主自由之精神的推崇与追求。

我收藏有开明书店出版的《闻一多选集》。1952 年 7 月乙种本初版。这是以茅盾为主编的“新文学选集编委会”编选的“新文学选集第一辑”。扉页是闻先生抽烟斗的典型照片及手迹，李广田先生作序。选集收录了诗三十五首，文二十五篇。诗第一首，是《红烛》；文最后一篇，便是《最后的演讲》。以红烛始，以大义凛然的最后演讲终，先生的一生，是光耀千古的。他像一面镜子，让所有的后来者照见自己的灵魂，然后，听先生发问：

红烛啊！
这样红的烛！
诗人啊
吐出你的心来比比，
可是一般颜色？

萧红红了

马年的新春，湖边的垂柳刚剪裁出新芽，民国才女萧红便在银屏上红火起来。先是霍建起导演的《萧红》迎春上映，同时，又传出香港导演许鞍华的《黄金时代》也“春耕”开拍。两部电影的萧红扮演者，一是小宋佳，一是汤唯，都是正当红的女明星。小宋佳是萧红的同乡，而许鞍华则是萧红葬身之地香港的导演。一生一死，一起点一终点，想想也真是冥冥之中的缘分。

霍建起的《萧红》，我是在网上看完的。那是去年的冬至前夕。寒冷的冬夜，看到萧军回到亭子间，萧红将他冻僵的双脚暖在自己的怀里，便情不自禁湿了眼眶。

萧红的故事，读者们大都清楚了。她与萧军的故事，与端木蕻良、骆宾基的故事，恩恩怨怨，是是非非，自有传记与电影不停地呈现与评说。她的作品，我收藏有《回忆鲁迅先生》，生活书店民国三十五年一月(1946 年)北平第一版。封面是一张鲁迅先生的漫画像。

鲁迅先生无疑是萧红和萧军的恩师了。萧军的长篇小说《八月的乡村》，萧红的第一部中篇小说《生死场》，是奠定他俩文学史地位的成功之作。作品写成后，他们寄给了远在上海的鲁迅先生。鲁迅先生不但充分肯定，设法介绍出版，并亲自为这两本书写序。他赞扬《生死场》“叙事和写景，胜于人物的描写，然而东北人民的对于生的坚强，对于死的挣扎，却往往已经力透纸背；女性作者的细致观察和越轨的笔致，又增加了不少明丽和新鲜。”

当萧红与萧军到达上海后，鲁迅先生的家，便成为他们温暖的家。鲁迅积极向出版社推荐他们的作品，萧红到上海后写的第一个短篇小说《小六》很快就在《太白》上刊出。随后，散文《饿》，短篇小说《三个无聊人》分别刊登在《文学》和《太白》上。从此，萧红的作品便陆续在上海多家杂志上发表。萧红也开始崭露头角，成为一颗文学新星。在鲁迅的支持下，萧红、萧军、叶紫结成“奴隶社”，并出版了“奴隶丛书”。可以这么说，没有鲁迅，就没有萧红。这个23岁的东北女孩，富有才华，又活泼天真，有时甚至还孩子式地撒娇。她与鲁迅通信不久，就对鲁迅发出了抗议书，不许鲁迅在信里称呼她为女士。鲁迅在回信里也开起玩笑：“悄女士在提出抗议，但叫我怎么写呢？悄婶子，悄姊姊，悄妹妹，悄侄女——都并不好，所以我想，还是夫人太太，或是女士先生罢。”这样的亲近，使萧红得以近距离地接触鲁迅，有时，和鲁迅先生聊天，一聊就聊到夜里12点。有时，也经常帮许广平做家务。因此，读她对鲁迅先生的回忆录，我以为是所有回忆鲁迅先生的书籍与文

《商市街》、《生死场》书影

章中，最好的。她以女性的作家的细腻而敏锐的观察，以大量生动的生活细节，还原了一个原汁原味的有着七情六欲的活生生的鲁迅先生。

《回忆鲁迅先生》一开篇，便写鲁迅先生的笑：

> “鲁迅先生的笑声是明朗的，是从心里的欢喜。若有人说了什么可笑的话，鲁迅先生笑得连烟卷都拿不住了，常常是笑得咳嗽起来。”

然后，是大量的鲁迅的生活细节：

> “鲁迅先生走路很轻捷，尤其使人记得清楚的，是他刚抓起帽子来往头上一扣，同时左腿就伸出去了，仿佛不顾一切的走去。”
>
> “鲁迅先生不大注意人的衣裳，他说：‘谁穿什么衣裳我看不见的……’”

我们已经习惯了无数的文本对鲁迅斗士的描写，可是，在萧红的回忆中，鲁迅先生是多么有趣的人：

> 鲁迅先生生病，刚好了一点，窗子开着，他坐在躺椅上，抽着烟，那天我穿着新奇的火红的上衣，很宽的袖子。
>
> 许先生忙着家务跑来跑去，也没有对我的衣裳加以鉴赏。

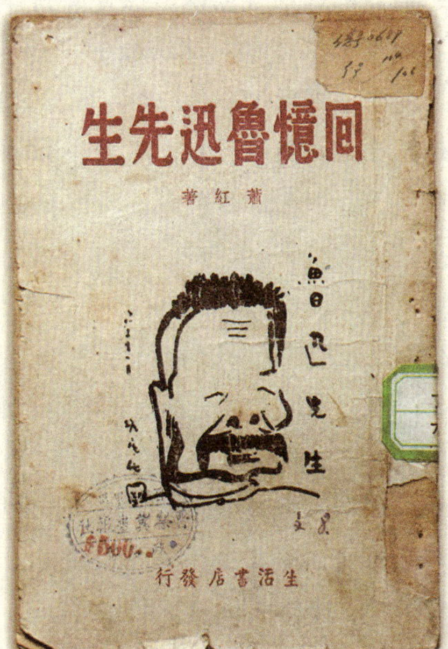

《回忆鲁迅先生》书影

于是我说："周先生，我的衣裳漂亮不漂亮？"

鲁迅先生从上往下看了一眼："不大漂亮。"

过了一会又加着说："你的裙子配的颜色不对，并不是红上衣不好看，各种颜色都是好看的，红上衣要配红裙子，不然就是黑裙子，咖啡色的就不行了；这两种颜色放在一起很混浊……你没看到外国人在街上走的吗？绝没有下边穿一件绿裙子，上边穿一件紫上衣，也没有穿一件红裙子而后穿一件白上衣的……"

鲁迅先生就在躺椅上看着我："你这裙子是咖啡色的，还带格子，颜色混浊得很，所以把红衣裳也弄得不漂亮了。"

在《回忆鲁迅先生》中，我们还看到了鲁迅与冯雪峰的交往。那时，冯雪峰刚刚参加完长征，来到上海。

有一天晚上×先生从三楼下来，手里提着小箱子，身上穿着长袍子，站在鲁迅先生的面前，他说他要搬了。他告了辞，许先生送他下楼去了。这时候周先生在地板上绕了两个圈子，问我说："你看他到底是商人吗？"

"是的。"我说。

鲁迅先生很有意思地在地板上走几步，而后向我说："他是贩卖私货的商人，是贩卖精神上的……"

×先生走过二万五千里回来的。

《回忆鲁迅先生》初版于民国二十九年七月(1940年)。除了萧红的回忆录，还附有许寿裳和许广平的文章。陈丹青先生说，萧红的鲁迅回忆录写得好，看来，大家的感觉都是共通的。

我还收藏有萧红的《生死场》，是新文艺出版社1953年3月的初版。那天看完电影《萧红》，情不自禁写了一首诗：《今天的阳光温暖而安静》，春节期间，这首诗成为我在朋友雅集时朗诵最多的诗：

今天的阳光温暖而安静
阳台上晒满了花花绿绿的被子
有朋友相邀，冬至聚会
我知道月老又牵了一根红线
两床被子终于晒到了一起

昨晚看电影《萧红》
看北方的雪原，呼兰河，喷着热气的马
哈尔滨、红肠和大列巴，还有
悄吟和三郎的故事
我知道北方的冬天很冷，上海也是
萧军寒夜冻僵的双脚
会抱在萧红温暖的怀里
那时，他们除了爱
一无所有

这个世界有太多的恩怨，春草般枯荣
我和你的故事，说不清楚
但会持续下去
流水还在，倒影依稀
万物花开无语
一切都是瞬间，除了晒被子
我们还能期待什么

今天的阳光慈悲
温暖而安静
晒阳台上花花绿绿的被子
以及墙角打盹的老人
倘若萧红不死，三郎还在
会不会冬阳下白发相依
梦回呼兰河畔

萧军批判

说起萧红，便不能不说起萧军。他们俩的真名究竟为何，已经不重要了。现代文学史，以及广大的读者，只记住了这两个名字，是紧紧连在一起的。如同他们当初起笔名的时候，“萧红萧军”，两个名字合起来，就是“小小红军”。当然，他俩唯一的一部合集《跋涉》的署名，是“三郎”与“悄吟”。那是一本小说散文合集。可是，这本小书，却给他们带来了性命之忧，他们被日寇通缉，罪名是《跋涉》涉及“反满抗日”，两萧被迫逃离哈尔滨，开始了流亡生涯，并在流亡中各自完成了奠定他们现代文学史地位的长篇小说《八月的乡村》与《生死场》。

两萧患难中相识、相爱、结合乃至后来不得不分手，是一曲动人而令人遗憾的悲歌。其中的是非曲折，后人有种种的描写，其中，不乏种种偏见。但是，我想说的是，其一，两萧的爱情是真诚而深刻的，即使在即将分手的前夕，萧军给萧红的信中，仍然表白：“你是这世界上真正认识我和真正爱我的人！也正是为了这样，也是我自己痛苦的泉源，也是你的痛苦的泉源。”而萧红在临终前，也这样表白过：“如果三郎在重庆，我给他拍电报，他还会像当年在哈尔滨那样来救我吧！”人之将死，其言也真，在离开这个世界之际，萧红对萧军仍然一往情深。

萧红与萧军的分离有种种的原因，但萧军的脾气暴躁，乃至家暴，恐怕是一个不争的事实。萧军1925年曾考入张学良在沈阳办的东北陆军讲武堂第七期，行伍出身，拳脚了得，他的耿直豪爽，特立独行，在现代文学史上，恐怕无人比拟。当年在上海滩，化名狄克的张春桥在报纸上攻击萧军，萧军二话不说，跑到报社，公开约架决斗。结果，将狄克和同伙打在地上求饶。

萧军年轻时就投身革命，向往延安。但他又公开宣称：鲁迅是我的父辈，毛泽东只能算是我的大哥。1938年，萧军只身一人，身背褡裢，手拄木棍，渡过黄河，步行二十多天，来到延安。毛泽东知道消息后，很想会会这位闻名遐迩的鲁迅弟子，特派秘书前往问候。秘书好意安排他与毛泽东见面，萧军竟然客气地回绝道：“不见了，他挺忙的，我也只住上一两个星期就走！”

萧军这样的性格，到了延安以后，自然会与周围的人发生碰撞。毛泽东他都会当面直言顶撞，何况其他人呢。毛泽东发表“延座讲话”的时候，丁玲要他第一个发言“放炮”，他果真就放了一大炮，结果，遭到胡乔木等许多人的批判。他对周扬的文章有意见，《解放日报》不发表，他就在自己的《文艺月报》上撰文放炮，而且用语尖刻：“我们

《萧军批判》、《五月的矿山》书影

敢于这样说：凡是到延安来的——连一个小鬼也在内——他们决不是想到这里来吃肉或者是补充维他命C的；这也正如周扬同志参加革命，不仅仅是为了做院长，吃小厨房以至于出门有马骑……一般。”

这样的性格，这样的“不合时宜”，便决定了萧军在革命中的命运。于是，在解放战争中，在新中国建立的前夕，就发生了中共东北局对萧军的猛烈批判。

1948年8月，东北军事战场处于大决战前夕。辽沈战役即将打响。就在这个时候，萧军个人主编的《文化报》与中共东北局宣传部领导的《生活报》之间，发生了一场大论战。事情的起因，是《文化报》的一篇社论。《生活报》认为，其办报宗旨有问题，萧军也被戴上了许多吓人的大帽子：反党，反苏，反人民，反土改，反人民民主专政，完全是将萧军往死里整。萧军当然不服，于是极力解释回应，说及其中夹杂着许多“个人恩怨”。

论争的高潮，是中共东北局宣传部副部长刘芝明亲自撰文批判萧军。刘芝明，1905年生，早年留学日本。1929年回国后在上海参加革命。抗日战争爆发后，赴延安，曾任延安平剧研究院院长，组织领导京剧《逼上梁山》、《三打祝家庄》的创作与演出，获得成功，受到毛泽东的称赞。解放战争时期，任中共中央东北局宣传部秘书长、文委书记、副部长。他对萧军的批判，还印成了单行本出版，这便是已经成为“新善本”的《萧军批判》一书。该书由知识书店1949年3月初版，初版是草纸本，只印了四千册，现在已经成为收藏珍品。

我有幸收藏有《萧军批判》的初版本。封面上是一头奋力冲击的斗牛，红底白字“萧军批判”。我的收藏本上，盖有“中国人民解放军第六十八军政治部剧社”的长方大印，全书品相良好。

刘芝明的大作发表后，1949 年 5 月，先由东北文艺协会作出《关于萧军及其〈文化报〉所犯错误的结论》，最后是中共中央东北局发布《关于萧军问题的决定》，给萧军作出了“用言论诽谤人民政府，诬蔑土地改革，反对人民解放战争，挑拨中苏友谊”的组织结论，根据中共中央东北局的决定，从 1949 年 6 月开始，在全东北地区党内外，各机关、学校、单位，大张旗鼓地开展了长达三个月的“对于萧军反动思想和其他类似的反动思想的批判”，连毛泽东也做出了批示。

对萧军的批判是一个历史的分水岭。从那以后，萧军便被逐出了文艺界，1951 年，调至北京市“文物组”，和当年的沈从文一样，当文物研究员去了。从此，作为“自由职业者”的知识分子不复存在，所有的知识者都成了国家的雇员，他们的精神劳动也被完全纳入了国家计划的轨道。萧军也成为了现代文学史上的“文物”。

粉碎“四人帮”后，萧军获得彻底平反，恢复名誉，1948 年东北局“关于萧军问题的决定”被撤销，萧军被称赞为“是一位有民族气节的革命作家”。

西湖淘红

每下江南，便爱淘书。杭州的沈记古旧书店，是我必去的地方。

沈记古旧书店的主要方向，是地方志、县志和风土志。它藏在体育场路民航售票处的后面，大街上根本就看不见。书店老板沈界平，五十多岁了，是地道的杭州人，已退休。平时喜爱书，便将自己家楼下的车库改为了古旧书店。我去的时候，沈老板刚从深圳进来一批旧书，主要是民国版的旧书，其中，就有骆宾基著的《萧红小传》。

骆宾基和萧军、端木蕻良，都是东北很有才气的作家，他们都是萧红生命中非常重要的男人。萧军与端木蕻良是萧红的前后丈夫，骆宾基是萧红去世前四十四天的陪伴者。世人对骆宾基的认识，也是因为在日寇初占香港、萧红病重的危难时期，一直是他陪伴着萧红。由他来写萧红，写萧红的两任丈夫肖军和端木蕻良，便具有许多直观的感受。

萧红的丈夫们到哪里去了呢？

《萧红小传》书影

萧军到延安去了，这是众所周知的了。也就是在去延安这个问题上，二萧发生激烈的争吵，导致最终分手。随后，端木蕻良取代了他的位置。但是，萧红的这一选择，遭到几乎所有朋友的非议。例如新婚不久，自己先行赶往重庆，而将怀有身孕的萧红一个人留在战火纷飞的武汉。绿川英子在《忆萧红》一文中写道：“我想到微雨蒙蒙的武昌码头上夹在濡湿的蚂蚁一般钻动着的逃难的人群中，大腹便便，两手撑着雨伞和笨重行李，步履维艰的萧红。在她旁边的是轻装的端木蕻良，一只手捏着司的克，并不帮助她。她只得时不时地用嫌恶与轻蔑的眼光瞧了瞧自己那没有满月份的儿子寄宿其中的隆起的肚皮——她的悲剧的后半生中最悲剧的这一页，常常伴随着只有同性才能感到的同情与愤怒，浮上我的眼帘。”

更重要的是，在萧红生命垂危之际，端木蕻良将她托付给骆宾基，自己却很少去医院看望，甚至对骆宾基不辞而别。萧红对骆宾基说：“端木是准备和他们突围的。他从今天起，就不来了，他已经和我说了告别的话。”但不管怎么说，在萧红生命垂危之际，他无疑是未尽到丈夫的责任的。

因此，骆宾基陪伴萧红的四十四天，你可以说是因为爱，而我则认为，骆宾基此举更具有侠肝义胆的美德。这是萧红生命中最后的四十四天，也是骆宾基生命中最辉耀的四十四天。

在《萧红小传》中，我感慨至深的，是萧红的临终慨叹。萧红临终前在一张纸片上写道：“半生尽遭白眼冷遇，……身先死，不甘，不甘。”萧红临死都不甘的是什么？是她的情感生活吗？我想不是。萧红的不甘，应该是她的文学观，包括她的人生选择，在当时受到了许多重要的左翼作家的不满和批评。季红真《萧红传》里分析说：“她宁肯离群索居，过着孤独的生活，这反映了她自由主义的政治立场。”当萧军、丁玲等许多革命作家走向抗日前线时，都曾动员萧红也去延安。可她却不为所动，把主要精力放在了写故乡的《呼兰河传》上。萧红说：“作家不是属于某个阶级的，作家是属于人类的，作家写作的出发点是对着人类的愚昧。”她还对骆宾基说：“一个有出息的作家，在创作上应该走自己的路。有的人认为小说就一定写得像托尔斯泰、巴尔扎克和契诃夫的作品那样。我不相信这一套，其实有各式各样的生活，有各式各样的作家，也有各式各样的小说”。萧红“固执己见”，未去顺应“时代的潮流”，自然会被排斥在“宏大叙事”之外，成为一个异端。茅盾在《〈呼兰河传〉序》里就尖锐地批评道：“在这里我们看不见封建的剥削和压迫，也看不见日本帝国主义那种血腥的侵略。而这两重的铁枷，在呼兰河人民生活的比重上该也不会轻于他们自身的愚昧保守罢？”她对一张平静书桌和潜心创作的向往，文学的坚守，而受到质疑、批评、误解和谴责，并造成她和萧军的分手，这，恐怕是萧红临死也“不甘”的主要原因吧？

但是，萧红虽抱憾，可《呼兰河传》却传了下来。那些当年的披红挂彩者，而今安在哉？

我所淘《萧红小传》，品相上佳。系建文书店发行，民国三十六年七月初版本。其版权页上，盖有“萧红小传版权”之蓝色印章。书后附有骆宾基的后记，记载着“一九四六，十一，十九于杭州”。在杭州淘到此书，也算是奇迹与缘分了。

江南淘书记

正是江南暮春时，我应邀赴上海开会。会议之隙，以及会毕回归，唯一之乐，乐在淘书。郑振铎先生爱书如友，谓之“访书”，于动乱之际抢救民族珍典古籍，谓之“得书”，一部《劫中得书记》以及《劫中得书续记》，我常常是当作诗来读的。而我所谓“淘”者，虽含有“沙中淘金”之意，但其乐不在于“金”，而在于“淘”，而且是闲暇之时，随意淘之，不似“访书”，先有欲访之友；亦不似“得书”，或志在必得，或乐在已得。淘书，是如同妇人逛商店，其乐在逛之过程，而不全在于购物之果的。淘书的乐趣，还在于兴之所至。同样一本书，今日见之，毫不起眼，而明日再见，却惊喜莫名。

这种个人的喜好，是不能用来衡量某本书的价值的。“情人眼里出西施”，“萝卜青菜，各有所爱”，说的就是这个道理。读者诸君，见一见我的“西施”，如何？

上海

每次去上海，总是要光顾福州路的。这里书店林立。每每漫步其中，总感到自己是一个大森林中捡蘑菇的孩子。不久前，有上海朋友来汉，我陪他们逛交通路古籍书店，又于路口书摊购得全本《金瓶梅》，立即大呼：武汉的书比上海的要丰富。作为武汉人，我当然有自豪之感，但又不怎么相信。“家花没有野花香”，大约是人类共通的心理。因此这次赴沪，我便格外地留心。而重点，又在古旧书的开放上。

首先拜访的，当然是上海书店。店内宽敞，且开架，但古旧书少，而新书之面孔，大都在武汉见过，未免失望。只是在二楼，淘得书二。一为《中国斗蟋》，颇为我所爱。蟋蟀者，武汉人谓之“蛐蛐”也。斗蛐蛐，亦为我童年所爱。尝闻最狠之蛐蛐，均藏于古墓中，且有毒蛇蜈蚣守护。昔时龟山多坟，便于夏夜之际，横渡汉水，潜于草丛之中，心怦怦而跳，仿佛四周黑暗中，鬼魅四伏。而恰恰在最暗最神秘之处，有蛐蛐振翅而鸣，似挑逗，似召唤，令人心痒难耐。遂不顾一切，披荆拨棘，奋力潜行，待伤痕累累而至，其声又消失在茫茫夜色之中。后读蒲松龄之《促织》，始知爱好斗蟋，非市井小儿所独钟。上至皇帝大臣，下至草民百姓，代代相传，可谓源远流长。《开元天宝遗事》记曰：“每至秋时，宫中妃嫔辈，竞以小金笼捉蟋蟀，闭于笼中，置之枕函畔，夜听其声，庶民之家皆效之。”南宋宰相贾似道，为蟋蟀专门建造“半闭堂”，则成为“玩物丧志”的典型了。而《中国斗蟋》，对蟋蟀的形态构造、饲养、鉴别以及各种斗法等，均给予科学的介绍。历史的总结，读来兴意盎然。

另一本书，为《世界一瞬间》，张海潮、张海军编译，国际文化出版公司 1991 年 11 月版。该书为新闻图片集，真实地记录了许多难忘的历史时刻。如《第一部电话》(摄于 1892 年)，《第一架飞机的诞生》(摄于 1903 年 12 月 17 日)，而最令人难忘的莫过于《希特勒与兴登堡》(摄于 1933 年 3 月 21 日)，正是这一天，希特勒被老兴登堡指定为德国总统，在画面上显得格外地谦恭，但转过身来，就声称“这天是日耳曼民族崛起的日子”。而历史则已证明，这一天是日耳曼民族以及世界上各民族的灾难之日。在《墨索里尼的归宿》(摄于 1945 年 4 月 29 日)中，我们看到了另一幅图画：意大利前法西斯党党魁、第二次世界大战的主要战犯墨索里尼以及他的情妇、秘书的尸体，被倒挂在米兰市的公共广场上示众。曾几何时，嚣张不可一世的独裁者只落了个倒挂街头的下场。“青山遮不住，毕竟东流去。”这些珍贵的历史图片，以其震撼人心的真实，常常令我沉思，而所思之一，便是“历史常常有惊人的相似之处”。

进古旧书店，却不见“古”书。连清版的线装书也没有，架上所陈，多为当今之影印本，联想起武汉古籍书店那一长排明版、清版古籍，方知上海朋友所说无误。但二楼所陈现代之期刊，则使我大开眼界，有成套之《语丝》、《论语》等，均用塑料薄膜包裹，注明该刊之创刊日期以及此套

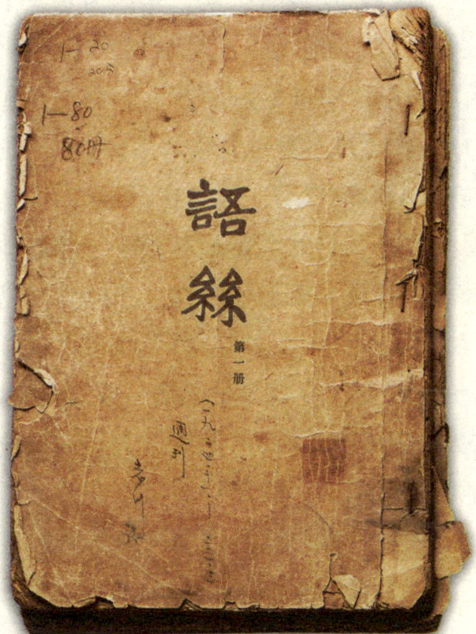

《语丝》书影

中所缺哪几期，并标明价格，不零卖。我曾在武汉古籍书店淘得零星民国期刊，但像这样成套成套的著名文学期刊，却从未得见。伫立书架前，我不禁想起了鲁迅与林语堂。《语丝》创刊于1924年11月17日，1930年3月10日停刊，共出了二百六十五期。其间，鲁迅曾接编一年，然后推荐柔石接编。《语丝》之所以有影响，是因为它有个性，敢于讲真话，敢于提倡自由思想。正如鲁迅先生所说，它是“任意而谈，无所顾忌，要催促新的产生，对于有害于新的旧物，则竭力加以排击”。鲁迅先生著名的杂文《论雷峰塔的倒塌》、《纪念刘和珍君》等，就是在《语丝》上发表的。

一提起《论语》，自然会想起林语堂，想起他首先在我国提倡“幽默”。过去一提起林语堂，一提起《论语》，便使人想起“反动”，或近似“反动”。好几本现代文学史，就是这样给复杂的历史贴上了简单的标签。现在看来，不是了，对于林语堂，对于梁实秋，对于周作人，以及沈从文、张爱玲、俞平伯、徐志摩、戴望舒，乃至胡适，历史正逐渐给予其公允的评价。好在这些人的文章还在，刊载这些文章的期刊还在，作为一种历史的实证，它们默默地昭示着：历史以及文学史，不应是任人随意搓揉的面团。

商务印书馆，在科技书店的楼上。一下映入眼帘的，便是余秋雨的《文化苦旅》。在不久前举办的“文汇书展”中，这本书成为读者争相抢购的热门书之一。这次一到上海，我便托《文汇报》的刘绪源君代购。初次接触余秋雨，是他的《艺术创造工程》，在上海文艺出版社的“文艺探索书系”中，它是唯一令我通读了两遍以上的书。我是在汉口

《从边城走向世界》书影

南京路书店得到它的，那是1987年6月6日，当时我正在创作长篇小说《一百个中国孩子的梦》，偏偏又病倒在床。读此书后，无异于服下一帖良剂。在该书的第四十七页上，我曾写下了这样的批注：“读此文，解近日之烦忧也！1987年6月9日于二医院中医科候诊时。”

而《文化苦旅》，则在《收获》上以专栏形式连载时，即已产生强烈反响，给我印象最深的，当数《风雨天一阁》、《莫高窟》、《江南小镇》，以及《这里真安静》。该书“内容提要”介绍道：“作者依仗着渊博的文学和史学功底，丰厚的文化感悟力和艺术表现力所写上的这些文章，不但揭示了中国文化巨大的内涵，而且也为当代散文领域提供了崭新的范例。”这样的评价，我以为是不过分的。说实在的，我除了有一种初读巴乌斯托夫斯基的《金蔷薇》的审美愉悦外，还被一种思想的力量、理性的力量所撼动。

苏　州

每次从上海返汉，我都要假道苏州。一为访亲，二为访书。亲者为我的小姐姐，他们一家住在苏州古城区一条小河旁。静静的小院，生长着静静的野花与青草。小桥畔，一株高大的苦楝树，开满了洁白的花朵。我走过小桥时，看见发黑发臭的小河上，依然有小船静静摇过，河面上，飘着洁白的苦楝花。余秋雨在写苏州时，题为《白发苏州》。当美国和澳大利亚辉煌壮丽地庆祝建国二百周年时，“我们的苏州城，却悄悄地过了自己二千五百周年的生日。时间之长，真有点让人发晕。”漫步在苏州幽深的小巷里，精雅的园林中，以及袖珍般的博物馆，长长的历史文化浓酽得化不开。

苏州的古籍书店，是我必到之地。苏州的书肆多，书坊多，藏书家亦多，但这已成为书迷们怀念的历史了。唯一不让我失望的，便是古籍书店。此次淘书，果有所获。得书之一，为叶昌炽的《藏书纪事诗》。叶昌炽(1849—1917)，苏州人，为我国近代著名藏书家。所藏三万卷中，尤以明清文集、吴中先哲遗书为富。著有《庚子纪事诗》、《缘督庐日记》、《语石》、《涝熹斋读书记》，最著名的，便是《藏书纪事诗》。其书共收录中国历代藏书家七百余人，开中国藏书史之先河。在苏州淘书得叶氏名著，实为一件趣事。

如今，历代藏书家之辞典，已出两部，一为湖北辞书出版社所出，一为同济大学出版社所出。后者所收藏书家，达二千七百四十七名。中国的藏书家之多，藏书之艰，实为罕见。我的藏书中，有陈登原先生所著之《古今典籍聚散考》，洋洋大著，道尽藏书之艰辛。同时又备述中国历代焚书禁书之烈。我不知道有没有人在编《中国历代焚书禁书者辞典》，倘若有此书面世，对照藏书家辞典，实在是一件趣事。藏书者与焚书禁书者，仿佛在较着劲儿，一代一代，直至当代“文革”，而且尚未完结。陈登原先生在《古今典籍聚散考》中指出，聚散之由，为四厄：一曰政治，二曰兵燹，三曰藏弃，四曰人事。在其总结中，先生这样说：“至于政治上之好恶，而进退其书，于古有之，此后亦未必能绝。然天定胜人，人定亦能胜天，要在所以阻止之者如何耳。”先生这番话写于1932年，历经半个世纪，读之犹觉如昨日所言。

傅增湘先生的《藏园群书题记》，厚厚如砖，亦是我此次得之所快。傅先生号藏园，1927年任故宫博物院图书馆馆长，毕生致力于目录、校勘、版本之学，且藏书极富，一生穷搜苦求，达二十万卷，其中宋金元刊本便达八千余卷，且撰题跋五百余篇。《藏园群书题记》乃集其题跋，我曾数年淘而不得，想不到此次在苏州相遇。

《浙江藏书家藏书楼》，亦是一本很有意思的书，该书为“浙江文化丛书”之一，浙江人民出版社1987年11月初版，著者为顾志兴。浙江的藏书家与藏书楼，与江苏不相上下，均闻名于世。而垂世四百余年的宁波范氏天一阁，便在浙江。至于“八千卷楼”楼主丁申、丁丙兄弟于兵荒马乱之中抢救《四库全书》，更是中国藏书史上的佳话。清代所藏《四库全书》，北四南三。南三者，扬州之文汇阁、镇江之文宗阁、杭州之文澜阁也。咸丰年间，江南三阁俱遭兵灾，唯有丁氏兄弟，冒着生命危险，于兵灾中先后抢救出近九千册，然后又组织抄补缺帙，历时七载，终于使文澜阁八万多卷《四库全书》得以大体恢复全貌。每当我读到丁氏兄弟“不避艰险，每夕往返数十里，摭拾文澜阁残编”，常常感动不已。联想到“文革”所见街头焚书，不禁慨然。

离古籍书店不远，便是曲园，藏于一条小巷之中，巷名也怪，叫“马医科”。曲园，为清代大学者俞樾之故居，清同治十三年构筑。背着一袋沉甸甸的书，寻至曲园，夕阳已斜。“春在堂”中，悄无人声。堂名为曾国藩所题。堂两侧陈列俞樾著述之木版。绕过屏风，猛地撞见一个女子，正在屏风后看书，令我大吃一惊。女子瘦削，有弱不经风之感，问之，答曰家住附近，来曲园读书，讨一份清静。清静自然是好讨的，不知能否讨得曲园一份灵气？

又过小桥。姐姐门前的小河里，又飘走一河苦楝花。

南　京

南京自然有金陵王气。然而我所感到的亲切，却是街头的小吃摊。华灯初上，沿街便摆开一长溜摊群。咸水鸭，猪头肉，卤猪舌，牛肉，盐茶鸡蛋，还有臭干子和靠杯酒，使我想起武汉的街头。铜人像四周，该是摆开红木小方桌以及竹床了，靠杯酒客，此时正在猜拳行令么？

借了友人的一辆自行车，便去淘书。书店集中在繁华闹市区新街口一带，南京最大的新华书店亦在此。其店甚大，布局亦新颖合理，即以某类书以及某出版社之书为一单元，错落有致地散布于大厅之中，且开架，读者淘书，十分方便。

在此店所淘十余部书中，最有价值者，当推《世界各民族女性人体》。此书为十六开，渤海湾出版公司 1989 年 9 月初版。著者为德国的施特拉茨。这部从人种学的角度研究女性人体的学术著作，长达二十二万字。本身就是一部罕见之作。而更令人感到震惊的，是该书附有四百三十幅世界各民族女性人体照片。该书“出版者的话”介绍说：

“作者施特拉茨先生为写作此书跑遍全球实地考察，历尽千辛万苦，付出了巨大的劳动。搜集整理了涉及所有人种、世界各主要民族的典型女性人体照片及有关资料，将世界各民族的女性人体美汇集在一起，用科学的测量方法确定不同人种、不同民族女性人体的特征，研究并深入浅出地论述了她们各自的形成及发展过程，为人类科学宝库留下了珍贵的财富，为女性人体研究作出了卓越的贡献。”这样一个评价，我以为是完全不过分的。

施特拉茨的这部著作初版于 1901 年，距今已有九十余年。而其构思，在全球搜集资料并成稿，当在 19 世纪末。我所钦佩的，是作者敢于构想这样一个巨大工程，并锲而不舍地以科学的态度和顽强的毅力去实现自己的目标。从人种学的角度来研究全球女性人体已属不易，而跑遍全球，让不同人种美丽的姑娘在照相机前一丝不挂地展示女性的人体美，更属不易！不是所有的模特儿都能理解作者的初衷，即使是在生活中本来就袒露身体的黑人女子，也在快门按动的刹那，情不自禁地用手遮住了羞处。也正由于此，作者曾为未能收集到所有最完美的女性人体资料而深感遗憾。

而我所遗憾的，则是该书收集的中国女性人体，实在是惨不忍睹。在仅有的四张裸体照片中，两位大约三四十岁的中国妇女(正视图与背视图)，目光呆滞，身体臃肿，瘪平的乳房像两团稀拉的面团，腹部松垮，显然是生育过。比起其他民族那些健康美丽、散发着青春气息的十七八岁的少女人体来，这两位可怜的中国妇女显然是丑陋不堪了。

我不知道摄影者是如何找到这两位模特儿的，虽然作者对中国女性人体的评价重点在于缠足对人体造成的损害，而且对于那些着装的中国少女给予了“漂亮”、“端正”、“十分出众”的评价，我仍然感到难过。这样两位模特儿，是代表不了中国女性人体的特征的，尽管我知道，作者踏上中国的土地，是在 1892 年 4 月 11 日晚，而在那个时候，中国妇女“还在忍受着吃人的封建礼教和缠足痛苦折磨”。于是我突发奇想：能否有一个中国的施特拉茨，将当代中国各民族女性人体美搜集整理，公布于世，填补女性人体研究的这个空白呢？当然，这需要各级领导的理解与配合，不至于使这样的研究者被当作流氓犯或用其他的理由受到干扰和处理。

我这样说并不是没有道理的。就在从南京返汉的客轮上，当我在船舱里看这本书时，我便感受到四周不同目光的射击：男人的目光是热辣辣的；而我对面、我头顶上铺那几位女人的目光则是冷冰冰的，仿佛我正在干见不得人的事情。于是，我将这本书放进了旅行包，并且第一次使用小锁。然后老老实实地躺着，听她们用方言用“暗语”讲着民间流传的“荤故事”。

南京的古籍书店在杨公井。我冒雨寻去，却感到失望。线装书只有两架，均为新版，且都是续书。其余的，则为现当代作家及如今正走红的流行作家的作品。店堂不大，唯一与古籍沾边的书则用柜台隔着。我想进去看看，则被一个百无聊赖坐在那儿发呆的女孩冷冷地斥退。这大概是与“古”字有关系的东西了，不过不叫“古籍”，而是叫“古板”，或者叫“古怪”。

淘到金介甫的《沈从文传》实在是一件趣事。那是我经过“总统府”时，进去躲雨，在走廊旁一间小书屋里买到的。书屋大约是政协办的，所列古籍大部分为民国人物及原国民党高级将领的传记、回忆录及轶闻。而这本《沈从文传》，就与沈醉先生的著作摆在一起。我不知道沈先生生前是不是政协委员，总而言之似有一些滑稽。当然，我丝毫没有贬低民国诸公的意思，何况沈从文十四岁时就在地方军队当补充兵，而且在十六岁时又提升为上士文书。

这部《沈从文传》的作者金介甫，是个美国人，美国圣若望大学历史系副教授。1977 年，以《沈从文笔下的中国》获得哈佛大学博士学位。1980 年赴中国，采访沈从文及其亲朋故友，并亲自深入凤凰县访得当地父老，掌握了大量第一手资料。1987 年，这部由西方学者写的第一部沈从文传记，终于由斯坦福大学出版社出版。我不知道这部传记在国内是不是“第一部”，我的藏书中，有凌宇写的《从边城走向世界》，1985 年由三联书店列为“研究者丛书”出版。这是国内第一部系统研究沈从文的专著，也是我非常喜爱的一本书，然而它毕竟不是“传记”。今年元旦，我在湖北大学附近书屋淘到美国学者胡志德所著《钱钟书评传》，该书原为美国波士顿“退恩世界作家丛书”第六六〇种，1982 年版。据译者云，这是中西文学中专门研究钱先生的第一部专著。由此，我亦产生了一些小小的感慨，中国的领袖亦即政治家的传记，几乎都是外国人写的；中国的长征，也是外国人写的；如今，中国的作家的研究专著或传记，又由外国人来领先，恐怕不是一件值得夸耀的事。当然，在我的书架上，已经摆上了钱理群的《周作人传》，陈孝全的《朱自清传》，又在最近一期的《读书》上，看到李辉评陈思和的《人格的发展——巴金传》。我没有排斥外国学者研究中国的意思。我只是想说，对于中国现代名人的研究及传记撰写，尤其是那些尚有争议的名人，不要因为其有争议而缺乏勇气，然后推给外国人去做。

至今尚未看到《郑振铎传》。我真希望这篇短文能给我带来意想不到的惊喜：那便是一个小书痴突然收到了一本中国现代大书痴的传记。

秘钞金瓶梅

上次说起在日本东京神田古旧书一条街淘书的故事，许多读者很有兴趣。确实，当我在古旧书店间流连忘返的时候，就曾感慨，要是常住在神田就好了，就可以经常来淘书，像蚕吃桑叶一样，一点点地品味，将几百家旧书店都逛个够。

我在神田淘的旧书中，有一本很有意思：《秘钞金瓶梅》。我不懂日文，但是，我被封面上的“金瓶梅”吸引住了，再翻阅，书中的插图很有意思，与中国《金瓶梅》中的线描木刻插图完全不一样，是纯粹的现代艺术手法。用这样的构图与现代手法来表现《金瓶梅》，本身就是一件很好玩的事情。我丝毫没有犹豫，马上就买了。

回来以后，查查资料，我才发现，我买的不是《金瓶梅》的日译本，而是日本作家山田风太郎以《金瓶梅》为素材，以《金瓶梅》中的大混混应伯爵为主角，重新创作的系列短篇故事。在《秘钞金瓶梅》里，应伯爵成了一个侦探，

《秘钞金瓶梅》书影

《秘钞金瓶梅》插图

破获了许多悬案。这样的系列探案故事一共有十五篇，分别以《秘钞金瓶梅》与《妖异金瓶梅》两本书出版。“金瓶梅”变成了探案故事，难怪山田风太郎被称为奇想派推理作家，甚至被推崇为“日本的金庸”。

山田风太郎，1922 年出生于日本兵库县一个富裕家庭，毕业于东京医科大学。五岁那年，他的父亲病故，读到初二的时候，再婚的母亲也去世了，山田风太郎便成为一个孤儿。这样的坎坷对他造成的精神打击，直到十年后才恢复过来。成为孤儿的他，曾经一度成为不良少年，受到三次停学处分。但是，孤独的山田风太郎却在文学上，尤其是侦探小说的创作上，展现了不凡的才华。1949 年，他创作的《眼中的恶魔》荣获第二届侦探作家俱乐部奖；1958 年，写出代表作《甲贺忍法帖》。忍法帖，就是记录忍法的书，相当于中国武侠小说中的武林秘籍。在日本，“忍者”就是间谍、刺客，就是“刺秦”的荆轲，《潜伏》中的余则成。日本的甲贺地区，类似于中国的湘西吧？是一个“土匪”窝子。大大小小的土豪们为了争夺地盘互相血腥争斗，于是盛产忍术与忍者。《甲贺忍法帖》写的就是甲贺地区四百年的争斗史。这样的小说，充满惊险与悬疑，自然好看。此书出版以后，山田连续发表了《柳生忍法帖》、《伊贺忍法帖》、《女忍忍法帖》等作品，到 1963 年为止，忍法帖系列已经成为销量超过三百万部的大作，并且掀起了忍术文学的风潮。山田风太郎也成为日本奇幻忍术小说界中地位最崇高的作家，同时，也获得“日本的金庸”之雅称。这样一位奇幻忍术作家，将《金瓶梅》写成一部侦探小说，应该是蛮有味道的。

我淘到的《秘钞金瓶梅》，出版于日本昭和三十四年四月二十日，也就是公元 1959 年 4 月 20 日。这一天，是日本新干线建设的开始。在新丹那隧道的入海口处，原国铁总裁十河亲手钉下了新干线的第一颗钉，并亲笔题文："一花开天下春"。

《金瓶梅》作为一部禁书，一直被历朝历代的统治者视为诲淫诲盗的洪水猛兽，背着恶名，披着神秘的面纱。到了 20 世纪的 80 年代，《金瓶梅》才和《查泰来夫人的情人》一道，被解禁，同时迅猛地成为那个时代最为畅销的书籍。武汉那时是全国民营书市的大本营，各种版本的《金瓶梅》通过各种渠道滚滚流淌。我不仅收藏了许多种版本的《金瓶梅》，当然，都是最新出版的；同时，我还帮助全国各地的朋友们代购《金瓶梅》。我记得，上海的作家朋友来武汉参加我的作品研讨会，我就专程带他们到交通路古籍书店去买《金瓶梅》。一位德高望重的老作家买到《金瓶梅》时那种抑制不住的欣喜之情，令我吃惊，并且难以忘怀。

《金瓶梅》虽然在中国国内长期视为禁书，但是，在国外，却被视为与《红楼梦》齐名的不朽名著。美国大百科全书专条介绍说："《金瓶梅》是中国第一部伟大的现实主义小说，它虽然写的是中国 12 世纪早期的故事，实际反映了中国 16 世纪末期整个社会各个等级人物的心理状态，宣扬了惩恶扬善的佛教观点，对中国 16 世纪社会生活和风俗作了生动而逼真的描绘。"美国学人海陶玮在其所著《中国文学在世界文学中的地位》一文中认为："中国的《金瓶梅》与

《红楼梦》二书，描写范围之广，情节之复杂，人物刻画之细致入微，均可与西方最伟大的小说相媲美。中国小说在质的方面，凭着上述两部名著，足可以同欧洲小说并驾齐驱，争一日之短长。”于是，从19世纪开始，《金瓶梅》就被翻译成各种文字，介绍到国外。刚开始，是部分情节的选择性翻译。如西方最早翻译《金瓶梅》的法国汉学家巴赞，其译文题作《武松与金莲的故事》。第一个英文节译文本，是1927年纽约出版的《金瓶梅：西门庆的故事》。1930年，著名汉学家弗朗茨库恩根据张竹坡评本节译的德文节译本，书名曰：《金瓶梅：西门庆与其六妻妾奇情史》。至于日本，翻译、介绍并且研究《金瓶梅》的书籍，就更多了。因此，山田风太郎能将《金瓶梅》作为素材，写成侦探小说，就一点也不奇怪了。但是，他独辟蹊径，撇开了当然主角西门庆，而将一个大混混应伯爵作为书中的主角。

在这个世界上，许许多多与众不同的东西，常常是命运多舛的。但是，历史是最严厉的、最公正的裁判，它总会无情地筛掉那些曾经喧嚣一时的时髦，而留下本来就是沉甸甸的、属于整个人类精神财富的精华。

缅怀黄裳

惊闻黄裳先生去世，正是龙年白露。楚天吴地，顿时充满秋意。《诗经》云："蒹葭苍苍，白露为霜"，我不知今夜的白露，是否为先生而生。

黄裳先生是散文大家。年轻的时候，读先生的《锦帆集外》，便被迷住。尤其是先生的四篇"杂记"：《江上杂记》、《桂林杂记》、《贵阳杂记》、《昆明杂记》，如品普洱，回味无穷。后来，收藏先生的书籍，便成嗜好。收藏的多了，便惊叹于先生知识的渊博，谈戏，谈笔祸史，当然，更多的是谈书，谈书的收藏与聚散，古今多少事，都在围炉夜话般的娓娓闲谈之中。

当然，我更喜欢的，是黄裳先生的书话。在我的心中，黄裳先生首先是当代的藏书大家。作为"书虫"，我最爱读的，是先生买书收藏书的那些经历，真的是令人神往。先生自少年起，便爱藏书，读中学时，就曾花巨资购买了一部《四印斋所刻词》，还刻了一方"流览所及"的藏书印。年轻的时候，当记者，走南访北，处处留心淘书，藏书渐丰。黄裳先生藏书的黄金期，是中华人民共和国成立初期。沧海桑田之巨变，江南许多民间的藏书，尤其是乡间的藏书，均以纸价秤斤散入旧书店。黄裳先生时在上海，是旧书店的常客，老板们收有好书，都会请他去挑。有一次，一个旧书店老板想去宁波收书，缺少盘缠，黄裳先生便借了他五十元。十几天后，老板用船运书回了，几十麻袋。“我得到消息去看书，从清晨一直看到过午，弄得两手如漆，混身灰土。”那时，黄裳先生正在收集明本，这些书中，明本不少，但大多残本，但还是收了几十种。不甘心，再翻，偶然间，发现旧报纸包了一包书，里面竟然有四本品相完好的明初的铜活字版本！这样的奇遇，是所有的藏书人做梦都向往的。

但是，这样的一件美谈，在“文革”期间却成了大案，被演绎成黄裳自己到宁波贩书，得宋元本多少，发了大财。黄裳先生半辈子的藏书，全被抄走。1980年，先生在《书祭》一文中回忆道：“人们花了一个整天又一个上午，总算把我全部印有黑字的本本全部运走了。”由于黄裳先生是著名的藏书家，查抄者特意命专家顾廷龙等为其藏书编过一份目录。幸运的是，“文革”后，黄裳先生寻找自己的藏书，得知其藏书中的线装书，都很好地保存在上海图书馆里，没怎么散失。由此便理解了先生为什么会写那么多古籍的题跋，而他那本《清代版刻一隅》一书的书影里，何以既有黄裳本人的藏书印，又有上海图书馆的藏书印，因此，黄裳先生在序言中沉痛而自嘲地称之为“有如林教头脸上的金

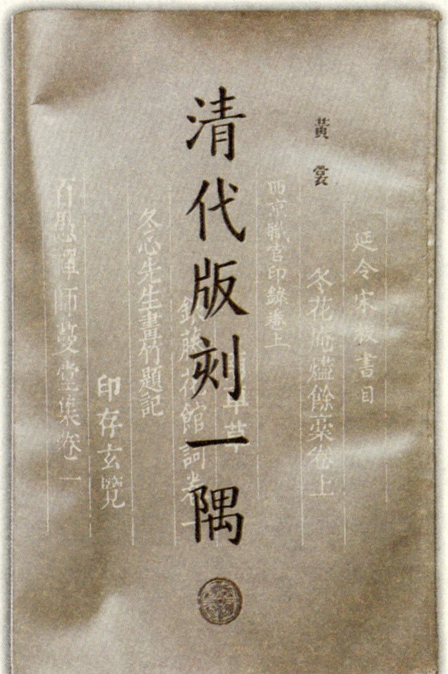

《清代板刻一隅》书影

印，拂拭不去”。

我爱黄裳先生的书话，是从品读《读书》上黄裳先生的专栏开始的。随后，就开始留意收藏先生的著作。上海学者刘绪源君与黄裳先生是忘年交，我便生企望，想请黄裳先生的签名本。征得绪源的同意，我寄去了自己收藏的《清代版刻一隅》。不久，书寄回，令我欣喜无比的是，黄裳先生在该书的扉页写了题签：

> 此书印数甚少，见者不多，取材亦不广，制版未精，不足以传原刻精神，犹可撼，如有机缘当重新付珂罗版，亦佳事也。
>
> 黄裳
>
> 一九九三年一月

《清代版刻一隅》系山东齐鲁书社1992年初版，印数才一千册。如此少的初版本，且有黄裳先生的亲笔题签，弥足珍贵。我一直珍藏，秘不示人。今日抚书怀人，怎不感佩万分。

刘绪源君也是爱书如命的藏书家。每次到上海，见到绪源，谈得最多的，就是书。90年代中，他为黄裳先生编辑《黄裳文集》，耗费心血。知我热爱并收藏黄裳先生的书籍，便将其收藏的许多黄裳先生的单行本赠送我。其信中说：“送您几本黄裳先生的书，有一本是毛边本，有的是送我的，也有几本是他的自校本，有校改的痕迹。这都是我编《黄裳文集》的工作用书。现已用毕。不知你是否重复？

《小楼春雨》书影

希望能有一二本是你没有的，能得到你的喜欢。重复的，再转送人吧。有些是早已绝版了。”绪源的馈赠，真的令我喜出望外，其中的毛边本，是花城出版社 1982 年初版的《花步集》；也有几本是我已经收藏的，但是，我却没有绪源君“宝剑赠英雄”的雅量，再去转赠他人，因为有的是黄裳先生的“自校本”，上面有黄裳先生的笔迹。而且，印数也很少。例如《晚春的行旅》，初版只有二千五百册。现在，这些书籍当然更加珍贵了。

“文笔词锋薄海知，淘书机智更冠时。澹生复壁能逃劫，旧燕归来付一痴。”这是《上海近代藏书纪事诗》中写黄裳先生的一首诗。

“旧燕归来”，说的是黄裳先生的来燕榭藏书的命运。古往今来，多少藏书家的藏书，身后均遭散失，留下许多的历史慨叹。但是，黄裳先生作为硕果仅存的传统藏书家，其最大的成就与贡献，不在于他收藏有多少书籍，而在于其身体力行，将中国人爱书读书藏书的一脉书香，用生命去坚守；同时，他将书话，尤其是书籍扉页上的题跋，提高到当代散文新的独特的品种的审美高度。书籍可以聚散，但是，这些散文，这些书话，这些题跋，却会长存于中国当代散文史中，影响一代一代的读书人与爱书人。古人云：“凡有水井处，便有柳永词。”现在，我们完全可以这样说：“凡有藏书处，无不忆黄裳”。他是私家藏书的绝响，同时，更是国民阅读的火炬，以及中国文化永不干涸的清泉。

钢 铁 不 朽

汉口交通路上的古籍书店，前年已经拆毁了。我永远忘不了它，是因为它曾经是我童年的“百草园”，是我阅读与写作的起点。而我与书的缘分，则起源于一本苏联小说：《钢铁是怎样炼成的》。

那时的古籍书店，旧书都是开架的，可以随便翻阅。我看到的一本书，没有封面，只见一个瘦削的苏联红军骑兵，高举着马刀，正策马冲锋。是不是男孩子都喜欢看打仗的书呢？反正我是一看就入迷了。一开头，就是调皮的保尔·柯察金在神甫的发面里撒了烟末，然后，出现了美丽的冬妮亚，做苦工的穷孩子保尔和林务官的女儿冬妮亚相爱了；然后，就是革命、战争、流血、牺牲……对于一个出生于50年代的男孩来说，还有什么比这些更具有吸引力呢？我们这一代人，是在俄罗斯文学和苏联文学的熏陶下长大的，对于我来说，一个在码头上长大的既聪明又有些调皮的穷孩子，一个生活在自己的诗意和理想中的男孩子，保尔的故事无疑使我产生了强烈的共鸣。我决心把这本书买下来。这是我第一次下决心买一本书。

为了《钢铁是怎样炼成的》，九岁的我要走向码头去拉板车了。

我是码头上最小的小车夫。

第一次拉车的经历对于我来说是刻骨铭心的。那是一个酷热的夏天，被称为中国的“火炉”的武汉，酷夏的温度往往高达摄氏四十多度。临江的柏油马路被晒成了柔软的面团，而我就是在这样的夏天，开始了我的拉车生涯。

我拿着一根带铁钩的麻绳，拉着小山一样的板车，走进了火一样的炎热之中。九岁的小男孩，瘦骨伶仃的，车老板是个老头，一老一小拼命使劲，板车就是走不动。拉车的麻绳在肩头一拉一扯，马上就磨破了皮，汗水一浸，火辣辣的疼。老头见我拉不动，就要我把鞋脱下来，打着赤脚拉。这真是一个绝招。柏油马路被晒得像铁板一样滚烫，赤脚一踩，就烫起了泡；脚底又烫又疼，就赶快拉车赶快走，恨不得一步就到了目的地。从汉口的13码头到江汉关，现在乘车只要两站路。而我那时好像经历了一次最最漫长的长征。肩头磨破了，脚上烫起泡了，浑身上下汗水淋淋。第一次拉车，换来了五分钱。那是我第一次用自己的汗水挣来的钱。激励我的，不仅仅因为要买一本书，而且还因为受了书中保尔的影响，那就是苦行僧似的磨炼自己，像一个真正的男子汉那样活着。

后来，我硬是凭自己的汗水挣的钱，买下了《钢铁是怎样炼成的》。如果说，码头上的江湖好汉的习气给了我男子

《钢铁是怎样炼成的》不同版本

《钢铁是怎样炼成的》作者画像

汉的品质，那么，《钢铁是怎样炼成的》则告诉了我，一个人活着究竟是为了什么，一个人生命的价值究竟是什么。

出于对书和作者的偏爱，我也爱收藏《钢铁是怎样炼成的》不同的版本，以及有关奥斯特洛夫斯基的各种书籍。九岁时买的那本书，早就丢失了。我现在的藏书中，品相最好的，就是梅益先生的译本，人民文学出版社 1952 年 12 月北京初版本。《钢铁是怎样炼成的》在中国的传播，得益于梅益 1942 年由新知书店初版的全译本，此前虽有段洛夫和陈非璜据日译本的转译，但系节译。梅译本是第一部全译本。有意思的是，梅益不懂得俄文，因此，最初是依据亚力克·布朗 1937 年的英译本《英雄是如何诞生的》翻译的。梅益先生晚年曾深情地回忆当年在战火纷飞的情况下翻译此书的经过：在洪泽湖畔新四军指挥所一间简陋的房子里，他看见彭雪枫师长桌案上那盏油灯下的《钢铁是怎样炼成的》，想起了为新中国浴血奋战而倒在战场上的将士们，于是萌生了将其翻译成中文的强烈愿望。新中国成立后，《钢铁是怎样炼成的》先由三联书店发行，后来交给人民文学出版社出版。我收藏的，正是人民文学出版社的初版本。

《钢铁是怎样炼成的》是奥斯特洛夫斯基在全身瘫痪、双目失明的逆境中，以惊人的毅力完成的。九死一生后开始动笔，他才二十六岁。小说于 1934 年出版，立即得到成千上万读者的激情欢迎，获得巨大的成功。奥斯特洛夫斯基在荣获列宁勋章后，没有陶醉，也没有停笔，而是继续顽强地用全部生命创作另一部长篇小说《暴风雨所诞生的》。

1936 年 12 月 14 日，他终于完成了长篇的校订工作。八天后，即 12 月 22 日，奥斯特洛夫斯基生命的暴风雨终于停息了。病逝时，《暴风雨所诞生的》还在印刷厂排字。

奥斯特洛夫斯基三十二岁就去世了。但是，他的作品所掀起的暴风雨，却至今未曾停息。1947 年 1 月，“暴风雨”登陆中国：潮锋出版社推出了由禾金翻译的《暴风雨所诞生的》中译本。我收藏有潮锋版的《暴风雨所诞生的》，系 1949 年 10 月推出的第三版。“新感觉派”作家禾金没有想到，他的翻译作品，会传播得这么的广大，这么的深远。

年轻的奥斯特洛夫斯基不仅是前苏联的英雄，也是一代中国青年的榜样。他长眠在莫斯科的新圣女公墓，与其遥遥相望的，是文学大师果戈理和契诃夫，以及英雄姐弟卓娅与舒拉。一个月前，我终于来到莫斯科，来到他的墓前，向他致敬。墓前的铜雕，是他凝神创作《钢铁是怎样炼成的》时的坐姿。下面，是保尔·柯察金的军帽以及马刀。半个世纪过去了，当年的小男孩，如今已鬓发苍苍。但是，我仍然清晰地记得保尔·柯察金的内心独白：

> 人最宝贵的东西是生命，生命属于每个人只有一次。一个人的一生应当这样度过，当他回首往事的时候，他不因虚度年华而悔恨，也不会因为卑鄙庸俗而羞愧，这样，在他临死的时候，他就能够说：“我的整个生命和全部精力，都献给了世界上最壮丽的事业——为人类的解放而斗争”。

皇村漫议

车去皇村，去普希金的皇村。

公路两边，是俄罗斯广袤的原野和森林。

望着窗外一片片的白桦林，我在心里默默地背诵着普希金的《皇村回忆》：

> 山谷和丛林安息在无言的静穆里，远远的树丛堕入雾中。隐隐听见溪水，潺潺地流入了林荫。轻轻呼吸的，是叶子上的微风……

普希金 1811 年进入彼得堡皇村学校。在他短暂的三十八年的生命历程中，皇村的学习就占了六年。正是在皇村，他的诗歌才华开始显露。1814 年，他朗诵的《皇村回忆》一诗，深得在场的老诗人杰尔查文的赞赏。在普希金纪念馆的二楼，就有一幅普希金当众朗诵诗歌的油画。在他的情感世界里，能与皇村相媲美的，唯有其对奶娘的挚爱。他为皇村写过许许多多的诗歌，他甚至这样写道：

> 整个世界都是异乡，对我们来说，母国——只有皇村。

在俄罗斯访问，一个强烈的感受，就是俄罗斯人民对普希金的热爱。在许多城市中，都可以看到普希金的雕像。俄罗斯人甚至将皇村改为了普希金村。年轻的诗人也许没有想到，在中国，他也是最受欢迎的外国作家之一。早在1903年，即光绪二十九年，国内出现了普希金的第一个中译本，戢翼翚据日译本转译的《俄国情史》，即小说《上尉的女儿》。不过，那时普希金的中文译名，叫“普式庚”，这样的称呼从1903年开始，一直沿用到20世纪的50年代初期。

戢翼翚，湖北房县人。1896年(光绪二十二年)春清政府首次派遣的十三名留日学生之一。1900年春，戢氏在东京与沈云翔等人创立中国留日学生第一个爱国团体“励志会”，并在日本创刊《译书汇编》月刊，对传播西方进步思想有很大贡献。他曾和唐宝锷合著过一本《东语正规》，此书被日本学者实藤惠秀称为“划时代的日语教科书”。他还翻译过许多作品，在近代译坛日文翻译方面，做出了很大的贡献。他翻译的《俄国情史》不仅是普希金作品的第一个中译本，也是整个俄罗斯文学作品的第一个中译本，因此，具有双重的开创意义。

这个戢翼翚，不仅是著名的翻译家，而且，还是孙中山的亲密战友。1900年，唐才常准备在汉口发动起义，戢翼翚便是孙中山派往汉口主持策应革命之负责人。唐才常等被张之洞抓捕的前一日，还在武昌戢翼翚家里吃饭。饭后，戢翼翚送唐才常到江边，提醒他说："事败矣，此等事差在毫发，今消息已宣传满城，宜早为之所。"哪知第二天凌晨，唐才常等自立军首领就被清军抓获，立即被张之洞诛杀。戢翼翚当夜走避湖南会馆，才得潜离武汉。

我收藏的普希金作品中，有两种值得一提。一是余振先生翻译的《普式庚诗选》，光华出版社1949年版，收录了普希金的《波尔塔瓦》、《铜骑士》、《茨冈人》等六部诗作。余振，中国俄苏文学界著名学者和翻译家，原名李毓珍，笔名孟星，1909年生于山西崞县，1926年加入中国共产党，后因被捕入狱与党组织失去联系。20世纪30年代开始俄苏文学翻译和研究，是中国最早的也是最有成就的俄罗斯诗歌的翻译家之一，其流传最广的译著，就是《普式庚诗选》，其次是《莱蒙托夫抒情诗选》。

还有一本书，《复仇艳遇》，即普希金的中篇小说《杜布罗夫斯基》，三联书店1950年3月初版。翻译者，是著名作家周立波。提起"周立波"，现在的年轻人立马想起了上海的谐星周立波，而不知道创作了《暴风骤雨》、《山乡巨变》，两次获得斯大林奖金的著名作家周立波，也是时代的悲哀。我在中学教书时，语文课本中有节选于《暴风骤雨》的《分马》，学生自然都知道他。而神似江南山乡水墨画一般的《山乡巨变》，则是令我至今心醉的一部长篇。

周立波，1909年生于湖南益阳。立波是英语"自由"的

《普希金抒情诗选集》书影

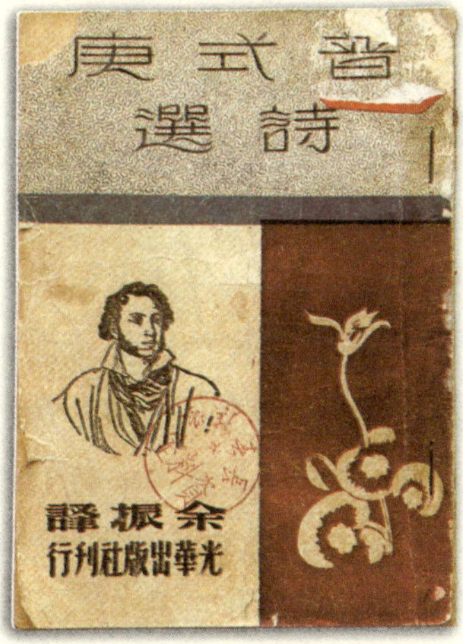

《普式庚诗选》书影

译音，是他30年代开始用的笔名。说实话，过去我一直以为他只是大作家，却想不到他还是翻译家，他的英语，还是在上海的亭子间里，在生活十分困难的情况下，刻苦自修的。在上海，他开始了文学生涯，不仅参加中国左翼作家联盟，加入中国共产党，成为“左联”党团成员，而且，还翻译和介绍了托尔斯泰、普希金、肖洛霍夫等俄罗斯和欧美许多作家的作品。1939年到达延安后，他不仅在鲁迅艺术文学院任文学教员，讲授外国文学，而且，还担任了编译处长。我对周立波的兴趣，是因为他一方面全身心地投入革命，投入左翼文学运动，同时，我们又看到，他非常清醒而前卫地领悟着世界文学的潮流。他的创作实践，包括翻译实践表明，现代文学，包括唯美主义，并非革命文学的天敌；恰恰相反，历史上不同的艺术流派，都与革命文学有着千丝万缕的联系。他对普希金诗性小说的翻译，以及对肖洛霍夫的长篇小说《被开垦的处女地》的翻译，对他今后的创作产生了巨大的影响。我在读《山乡巨变》时，常常觉得在读优美的抒情诗。

其实，偏爱普希金的，又何止是年轻的共产党人周立波呢？在中国革命的历史大潮中，普希金不仅被中国的革命者所认同、推崇，而且，随着中国革命的胜利，以及与苏联老大哥的联盟，他和高尔基等一样，逐渐被供上中国革命的神坛。我藏有一本《论普式庚》的评论集，出版和发行都为大连新华书店，1950年3月初版。书中收录了西蒙诺夫以及郭沫若等苏联和中国作家对普希金的高度赞美。今天，当我们回顾历史，发现以上三位普希金作品的翻译者，都曾是中国近现代史上的革命者；普希金对自由的呼唤，对皇权暴政的反抗，对民族尊严的呐喊，都极大地鼓舞了世界上一切被压迫、被奴役的人民。因此，他在新中国受到推崇，是毫不奇怪的。

好在普希金就是普希金，他被供上神坛不久，就觉得呆在那里不舒服，又悄悄地溜回他喜欢呆的地方去了。于是，我的藏书中才有了各种版本的“普希金抒情诗集”。今天，当我们不远万里来到皇村，走进他的教室，坐在他曾经坐过的课桌前，我们不约而同背诵的，是《假如生活欺骗了你》。我们更喜欢这个激情的、个性的、自然的、率性的普希金。他永远定格在年轻的38岁，像个邻家大哥哥一样，安慰着被生活的风浪颠簸的帆船：

> 一切都是瞬间，一切都将过去，而那过去了的，将变成亲切的慰藉。

十分温暖的爱

夜雨丁丁地凉着五月的校园。我从报纸上得知：沈从文先生逝世了。

窗外是活泼泼的雨的世界。一方方晕黄的窗口在浓浓的夜色中浮着，仿佛雨丝织就的茧。听着窗上淅淅的雨声，我默默地坐了好久好久，恍恍然，如坐在泊于湘西的船舱里，木筏的火光，吊脚楼窗口的灯光，以及上岸下船在河岸大石间飘忽动人的火炬红光，都在夜的长河上浮动着。我听见吊脚楼上妇人唱小曲的声音，黑暗中某一处咩咩的羊鸣。一个火炬晃到河边的大石上停住了，临河的一扇窗口剪出一个人影，河上河下的对话声便传了过来：细粉带三斤，冰糖或红糖带三斤……一共四吊钱……莫错账……

这是沈从文的湘西，这是沈从文的长河。我没有去过，但熟悉它们如同熟悉汉口长堤街蛛网般的小巷。说熟悉，其实也是近十年的事吧？说来惭愧，我从小就知道鲁迅，知道郭沫若，知道巴金，知道茅盾……可是，我直到快三

《沈从文文集》书影

十岁时，才知道中国还有个沈从文！而且是饮誉中外的著名文学家沈从文！一个美国的沈从文研究者曾这样说过："先生的代表作品，是世界上好多文学者永远要看，而且要给自己的子女看的。"可是我，一个大学中文系的毕业生，也被称为"作家"的青年，竟然不知道中国还有个沈从文，竟然还不知道中国现代文学史上还有过《边城》、《长河》、《湘西》、《湘西散记》。这样一种荒诞，这样一种人为的荒诞。我想不仅仅是属于我个人的吧？因此，当我到处搜集并"吞下"沈从文的选集和文集时，我便感到一种不可名状的寂寞。细细品之，首先感到的是被封闭的寂寞。堂而皇之称为"史"的现代文学上不提他，他的全部作品曾被认为已经过时而在 1953 年销毁了纸型。除了沈从文以外，还有许多在现代文学史上相当有影响，有特色的作家、诗人，我们的"史"要么根本不提，要么几笔带过，要么作为批判对象而存在。"五四"新文学运动以后的历史，离我们并不遥远，许多当事人还活着，许多史料还活着，可是我们的"史"竟然不让我们知道曾经有过的而且还活着的历史了，这不能不使我感到骇然。那么更久远的历史呢？是不是也有许许多多的"沈从文"们寂寞于"史"之外然后永远地寂寞了呢？

历史原来可以像一团泥任人随意地揉捏！

然而真正的历史与某些墨写的历史是有着真假李逵之分的。幸运的是，我们毕竟在活着的时候知道了沈从文。而沈从文毕竟也在活着的时候看到了他的作品不仅走出了寂寞，而且走向了世界。

我从未见过沈先生，我只是无数喜爱沈先生作品的读者中的一位。记得是前年，湖北少儿社曾设想编一套“作家的童年”丛书，我曾自告奋勇地想去写沈先生，当然，也藏着想见沈先生一面的奢望。可现在，沈先生已去了，这不能不使我感到了一种永久的遗憾。然而湘西永在，长河永在，我想，沁进那青山绿水中大概是有机会的吧。如果真有那么一天，我首先想起的，会是沈先生的这段文字：“山头一抹淡淡的午后阳光感动我，水底各色圆如棋子的石头也感动我，我心中似乎毫无渣滓，透明烛照，对万汇百物，对拉船人与小小船只，一切都那么爱着，十分温暖地爱着！”

夜雨活泼泼地织着，一方方晕黄的窗口仿佛是雨丝织就的茧。于是，我于这五月的清凉中感到了春蚕吐丝的爱，那种十分温暖的爱。

永远的晚饭花

我没见过汪曾祺先生，但却特别喜爱他的作品。这种喜爱，是从80年代初迷上沈从文的作品开始的。汪曾祺是沈从文的学生，但得其真传者，却只有汪先生一人。今年五月，汪先生遽然去世，消息传出，文坛震动，回忆怀念汪先生的文章，至今仍如山泉。奇怪的是，偌大一个湖北武汉，竟然毫无反应，未见一篇写汪曾祺的文章。泱泱楚地，屈原的子孙，现实得如汉正街的小商贩，的确令人深思。

好在长江文艺出版社的“中国当代才子书”弥补了这一遗憾。这套丛书第一卷的卷主，便是汪曾祺。策划这么一套“当代才子书”，的确独具慧心，且张扬我三楚浪漫奇瑰之魂。编者的标准，一是品种上的诗、文、书、画，二是品格上的高、雅、清、奇，集四美四德于一书，岂不称奇乎？

汪曾祺的小说和散文，如行云流水，自然恬静、淡泊，

《晚饭花集》书影

《蒲桥集》书影

骨子里浸透的都是“中国味儿”，枝枝叶叶摇曳的都是民族风采。其文采勃发，卓然独立于新时期文坛之际，已届六十，却雄心勃勃，“要对‘小说’这个概念进行一次冲决”。《受戒》、《大淖纪事》、《晚饭花》等小说名篇，果然就“冲决”出一条大河，开一代文风。他的小说和散文，如宋人笔记，桐城散文，惜墨如金，却新鲜如风荷，淳香如老酒，美，且余韵悠长。

如果说他的文章多是白描，他的画却用笔酣畅，布色鲜浓，半工半写，“有逸气，无常法”，如他喜爱的画家徐青藤。他的字，中年丰腴，晚年常有瘦金书味。他临过许多名帖，曾爱米芾，至今用笔，“还有米字的霸气”。他的诗新旧均写，但旧体更显功力，有唐宋之风。其实，除了诗文书画外，他对戏剧、民俗、音律、美食，均有研究，曾参入改编京剧《沙家浜》。有客来访，他常亲自下厨，露一两手。就在《汪曾祺卷》的自序中，他还自信地说：“我还没有老透，精力还饱满，是可欣喜也。”

汪先生无疑称得上“当代才子”的。看看那些将“诗文书画”换了“吃喝嫖赌”的“风流才子”，便更加地怀念他。

怎样读董桥

读董桥的小品，应该在一个清清爽爽的下午，客厅的百叶窗外，是静静的绿肥红瘦。靠椅的弧度科学得让你惬意而放松。茶几上有一杯红茶或者咖啡，但是糖不要加得太多。茶杯是景德镇的白瓷，凝脂一般的温润；若要银勺，当然是英国的为好。或许要一点淡淡的背景音乐，最好是《烛影摇红》，或者是 *Three vayiations of* "*pium biossom*"（梅花三弄）。手边杂放着董桥的随笔集和小品集，然后信手翻来，便如同漫步在山阴道中，湖光山色，花荫鸟语，清风明月，处处皆情景，令人流连忘返也。

或者是大雪纷飞的雪夜，乾坤皆白，万籁俱寂，室内则温暖如春，使人有一丝温馨的慵倦。金橘应该结果了，水仙正在吐露清香。暖暖地躺在床上了，床头的灯光柔和如梦。床头柜上自然有一杯热茶，最好是洞庭湖的碧螺春。这时读董桥，便如友人夜访，围炉品酒，海阔天空，畅然夜谈，人微醺时，夜亦微醺，酣然睡去，不知东方之既

《青玉案》、《白描》、《绝色》、《记得》书影

《记忆的脚注》书影

白也。

或者是公园的长椅上，左边是一对中年夫妇，右边是一对年轻的恋人。中年夫妇正在家庭危机的钢索上行走，妻子指责丈夫有了外遇，采了野花，要丈夫老实交代；丈夫则抱怨妻子捕风捉影，狭窄唠叨，两人蛇一般地纠缠。右边的恋人们呢，则如胶如漆，山盟海誓，拥抱亲吻，蝶一般地缱绻。而你置身其中，则充耳不闻，视而不见，时而会心微笑，时而拍“腿”叫绝，两对男女以为怪，悄然离去，却不知你正在读董桥也。

而我读董桥，常常是在孤身长旅之中。或走或涉，或飞或跑，在陌生的人群中，在无人的大山里，却永远有家园的感觉，永远有阅读的愉悦。

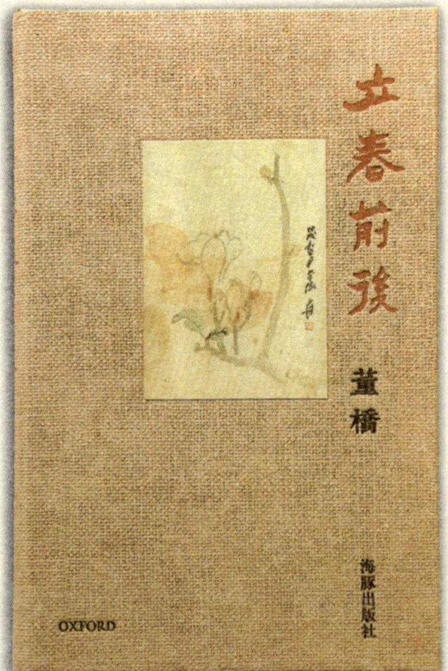

《立春前后》书影